Die Nacht der Monrok

Eine Cyborg-Krieger-Romanze

Monrok-Krieger-Reihe
Buch 4

Aubrey Cara

Übersetzt von
Franziska Humphrey

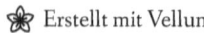

Inhalt

HOLEN SIE SICH IHR KOSTENLOSES BUCH!

Tragen Sie sich in meine E-Mail Liste ein, um als erstes von Neuerscheinungen, kostenlosen Büchern, Sonderpreisen und anderen Zugaben zu erfahren.

https://geni.us/jungfrauunddervampir

Prolog

SANA

Pippen richtet meinen Umhang und mein Gewand, um mein zerschlagenes Gesicht zu verbergen, bevor er mich in seine Arme hebt. In seiner sicheren Umarmung verliere ich immer wieder das Bewusstsein, während er mich in die Schatten der Nacht entführt. Wohin er mich bringt, weiß ich nicht, aber ich vertraue Pippen. Er war in den letzten zehn Solaren mein Mentor und Freund. Wo auch immer er mich hinbringt, dort wird es sicher sein.

Ich wache vom Schmerz auf, gegen etwas zu stoßen, als ich auf etwas Hartes und Ungemütliches gelegt werde.

„Pippen?" Meine geschwollenen Augen lassen sich nur zu Schlitzen öffnen und es ist schwer, etwas zu sehen.

„Schhh", antwortet er und legt eine Hand auf meinen Scheitel.

„Wo sind wir?", flüstere ich.

„Auf der Ladefläche eines Frachtschiffes. Es ist auf dem Weg nach Pacbar. Du musst den Galaktischen Einheitsrat aufsuchen und ihnen sagen, was du weißt ... und hoffen, dass sie dir die Freiheit gewähren." Er streicht mir mit der Hand durch die Haare und dann ist seine Berührung weg.

„Warte!"

„Wir haben keine Zeit mehr, Sana", zischt er mit seiner klangvollen *Gearan*-Stimme. „Ich habe dich in eine Terraformkiste gelegt." Das atmungsaktive Material hält seine Form, ist aber leicht genug, dass ich es durchbrechen kann.

Meine Panik schwindet ein wenig, aber die Angst ist immer noch da. „Du kommst nicht mit mir mit." Es ist dumm, das zu sagen, aber ich habe mich noch nie so verletzlich und allein gefühlt wie in diesem Moment.

„Du weißt, dass ich es nicht darf. Ich habe genug riskiert, um dafür zu sorgen, dass du lebst."

Ein Kloß bildet sich in meiner Kehle, der mir das Sprechen erschwert. „Ich werde dich vermissen."

„Und ich dich. Vertraue deinem Schicksal und sei stark, meine Kleine."

Meine Augen brennen bei seiner Zärtlichkeit für mich.

Vertraue deinem Schicksal und sei stark.

„Ich kenne mein Schicksal nicht", will ich am liebsten schreien, aber es kommt nur als Krächzen heraus. Ich hatte keine *veranischen* Hausschwestern, die mir hätten sagen können, was mein Schicksal sein könnte. Meine Wahl besteht darin, den einzigen Ort zu verlassen, den ich je gekannt habe, oder hierzubleiben und zu sterben.

„Ich kenne meins", sagt er. „Und es dreht sich darum, dir bei der Flucht zu helfen und dich nach Pacbar zu bringen. Manchmal braucht man keine Vision, um zu wissen, dass es dein Weg ist. Reise nach Pacbar. Warne den Rat. Vertraue deinem Schicksal, Kleines."

Ich unterdrücke ein Schluchzen, als Pippen den Deckel über die Kiste zieht. Alles wird dunkel.

Ich habe keine Ahnung, wie ich Pacbar finden oder den Rat der Galaktischen Einheit unentdeckt erreichen soll, aber ich muss es für alle Wesen der Jun'pn-Galaxie versuchen.

Vertraue deinem Schicksal und sei stark.

Ich lasse mir die Worte immer wieder durch den Kopf gehen, als mich die Flutwelle der Dunkelheit erneut mitreißt.

Kapitel Eins

BANX

Meine Kybernetik arbeitet auf Hochtouren, um den Lärm zu dämpfen und den fauligen Gestank von Sex und ungewaschenen Körpern auszublenden. Scharen von notgeilen Ikbar und Jorans weichen meinen Kameraden und mir aus, als wir uns durch die schmutzigen Straßen von Ak'ba schlängeln.

Die Mondkolonie des Handels- und Prostitutionsplaneten ist heute Abend lebendiger als sonst. All die lärmenden Kreaturen der Jun'pn-Galaxie strömen aus den offenen Türen und schlurfen in verschiedenen Stadien der Verwahrlosung und Verkommenheit durch die Straßen.

„Gibt es eine Art Bergarbeiterfeiertag, von dem ich nichts weiß?", fragt einer meiner Kameraden, Tawn.

Die meisten beharrten Jorans und vierarmigen Ikbar, die ihre Welten verlassen, werden Bergleute. Bei der schieren Zahl derer, die heute Abend hier sind, muss ich mich das selbst auch fragen.

Ausgerechnet eine Ghyan schlendert vorbei und schwingt ihren dicken Schwanz. Sie streicht sich mit ihren schuppigen, langen, schwimmhautüberzogenen Fingern verführerisch über ihren kahlen, wulstigen Schädel und zwinkert mir über ihre Schulter zu.

„Verkaufen Ghyans jetzt Schwänze auf Ak'ba?", stichelt mein Kamerad Jor und spricht damit aus, was ich denke. „Was ist nur aus der Galaxie geworden?"

Die Dinge verändern sich wirklich. Ich hätte nie gedacht, dass wir alle ohne Kontrollchips im Nacken als freie Wesen durch die Jun'pn-Galaxie reisen würden. Kein Zapex, dem wir Rechenschaft ablegen müssen. Keine Schlachten zu schlagen, außer unseren eigenen.

Ein gedrungener, unförmiger Mux streift mich im Vorbeigehen. Ich fluche und schüttle den Schleim seines Körpers von mir ab, der meine Hand bedeckt.

„Warum zum Teufel sind wir schon wieder hier?", frage ich Tawn an meiner Seite.

Mit seinen *Tash*-Stein-blauen Augen, die den meinen und denen aller anderen Monrok ähneln, schaut er mich verärgert an.

Er ist genauso kräftig gebaut und so groß wie ich, aber seine Haut ist blass und sein Haar wie ein drahtiger Feuerbusch auf seinem Kopf. Wenn er wirklich wütend ist, sieht sein Kopf aus wie eine brennende Flamme.

Er beißt die Zähne zusammen. „Ich habe dir doch bereits gesagt, dass der Ikbar, mit dem ich auf Neo gesprochen habe, meinte, wir sollten heute Abend bei der Auktion auf der Hauptbühne dabei sein."

„Was weiß so ein dummer Ikbar schon darüber, was wir wollen?", frage ich.

„Er war an dem Stand, an dem alogorische Waren verkauft wurden", sagt Tawn. Der Ärger ist in seiner

Stimme deutlich zu hören. „Er hat wahrscheinlich mitgehört, wie Ast und Jor über die Jagd der Monrok auf Menschenfrauen gesprochen haben. Es ist nicht gerade ein Geheimnis."

Ich grunze. Ja, das stimmt. Tawn glaubt, dass ausgerechnet *Menschen* hier sein werden. Ausgerechnet auf Ak'ba.

Jor stößt mich mit seiner breiten Schulter an, sein Gesicht ist eine grimmige Maske. „Du musst aufhören, so ein *Hadhr* zu sein, Banx. Wen interessiert es, warum wir hier sind? Ich bin lieber hier als auf irgendeinem Außenposten. Oder auf Kadeema Däumchen drehen, während sich die wenigen Monrok, die menschliche Weibchen für sich beansprucht haben, die Eier leervögeln."

Ich knurre und zeige ihm eine menschliche Handbewegung, die mir im Moment passend erscheint. Offensichtlich bin ich der Einzige, der sich auf den Beginn unserer Reise freut.

„Das ist Zeitverschwendung." Ich hasse es, Zeit zu verschwenden. Ich bin es gewohnt, meine Tage mit einem Zweck zu verbringen. Trainieren. Kämpfen. Bewachen. Und noch mehr Trainieren. Wir standen vielleicht unter der Herrschaft der Zapex, aber wir hatten einen verdammten Zweck.

„Wir hätten mit dem Wachschiff aufbrechen können, um nach König Thaains Schiff zu suchen", sagt Ast. „Das Schiff des Königs ist angeblich voll von menschlichen Haustieren und *veranischen* Konkubinen."

Tawn schüttelt den Kopf. „Warum sollten wir uns mit irgendetwas beschäftigen, das mit den Zapex im Zusammenhang steht. Und wofür? Nostalgie? Ich bleibe lieber auf Kadeema, als mich mit diesem Scheiß zu beschäftigen."

7

„Ich mochte Kadeema", sagt Ast. „Gute Jagd. Frische Luft. Weites, offenes Gelände."

„Pah", spottet Jor. „Es war ein eintöniges Dasein mit Training und dem Aufbau einer verfälschten Version der Erde, von der diese Idioten glauben, wir hätten etwas verpasst. Es war genauso langweilig wie der Wachdienst auf Shen'du."

„Nichts ist langweiliger, als auf Shen'du stationiert zu sein."

Shen'du ist ein Eisplanet, auf dem gar nichts wächst. Es gibt keine Lebensformen, weder groß noch klein. Nicht einmal den Hauch eines Insekts. Es gibt keine Sonne.

„Vielleicht hast du Langeweile mit deiner Nutzlosigkeit verwechselt", sagt Ast und ignoriert meine Aussage, um Jor zu reizen. Die beiden klobigen Monrok streiten sich ständig und prügeln sich mindestens einmal pro Zyklus.

„Wessen Idee war es, die mitzunehmen?", frage ich Tawn.

„Ich dachte, es war deine", antwortet er.

In Wahrheit hatten wir nie in Erwägung gezogen, dass Jor und Ast uns nicht auf unserer Reise begleiten würden.

Seit wir erwachsen sind, haben wir vier nur eine Handvoll Solare verbracht, in denen wir nicht alle am selben Ort stationiert waren. Seit Jahrzehnten verbindet Ast, Tawn, Jor und mich ein Band, das die meisten Monrok nicht haben. Wir mögen uns streiten, aber wir sind eine Einheit, immer. Wir sind wie Brüder.

Trotzdem sage ich laut zu Tawn: „Lassen wir sie einfach hier und suchen uns unser eigenes Weibchen." Es ist nur halb im Scherz gesagt, aber der *Hadhr*-Ficker Jor stößt mich gegen einen unglückseligen Joran.

Die struppige Kreatur grummelt mit schnellem Geplapper, während sie sich wiederholt verbeugt. Der Geruch seiner Angst liegt ranzig in der Luft.

Als Monrok bin ich an solche Dummheit gewöhnt. Wir sind die unzerstörbarsten Wesen im Universum, biomechanisch so konstruiert, dass wir schneller, stärker und intelligenter sind als alle anderen Kreaturen, die es gibt.

Seit wir uns gegen unsere Schöpfer, die Zapex, erhoben haben und uns vom Galaktischen Einheitsrat die Freiheit gewährt wurde, wird uns von jedem Wesen, dem wir begegnen, ein neuer Grad an Respekt und Furcht entgegengebracht.

Wir Monrok sind jetzt eine unberechenbare Variable in der Jun'pn-Galaxy.

Ich tätschle den gesenkten Kopf des Jorans, um ihm zu versichern, dass ich nicht vorhabe, ihm das Genick zu brechen, aber er verbeugt sich weiter, während wir weitergehen.

„Sie werden keine Chance haben, ihre Freiheit zu wahren, wenn die Zapex versuchen, die Galaxie zu erobern", sagt Tawn an meiner Seite, wobei ich annehme, dass er sich auf die Jorans als Spezies bezieht.

„Wenigstens werden sie mit dem Leben davonkommen."

Tawn schnaubt als Antwort.

Der Plan der Zapex, die Jun'pn-Galaxie zu übernehmen, war schon vor der Rebellion ein weitverbreitetes Gerücht. Aber ich glaube, sie wurden durch unsere Abwesenheit geschwächt. Alles, was sie jetzt noch haben, sind ihre fortschrittliche Technologie und Männer, die selbstgefällig den Monrok ihre Kämpfe überlassen haben.

„Wer weiß, was sie tun werden, jetzt, da wir nicht länger ihre Soldaten sind", sage ich.

„Offensichtlich sieht der Galaktische Einheitsrat sie immer noch als Bedrohung an."

„Das stimmt." Jeder weiß, dass der GER den Monrok ihre Freiheit nur im Tausch gegen ein Bündnis gewährt hat. Nicht alle in der Galaxie glauben, dass die Monrok in der Lage sind, eine solche Allianz zu ehren. Sie sind ein ziemlich großes Risiko eingegangen, einen solchen Handel mit uns einzugehen.

Die Monrok als Ganzes sind es gewohnt, nur durch zwei Dinge vereint zu sein: im Kampf und in der Pflicht gegenüber den Zapex. Jetzt, da wir frei sind, ist die Masse meiner Kameraden uneins darüber, wie wir uns vereinen sollen.

Es gibt diejenigen, die Kadeema aufbauen, eine Welt am anderen Ende der Galaxis, die wir für uns beansprucht haben.

Dann gibt es diejenigen wie Jor, Tawn, Ast und mich, die rastlos sind und sich nicht damit begnügen, darauf zu warten, dass die Action zu uns kommt. Das Universum birgt unendliche Möglichkeiten, darunter auch die Verheißung von menschlichen Weibchen. Wir alle haben bereits jahrzehntelang gelebt, bevor wir unseren organischen Ursprung entdeckten und jemals ein Weibchen in natura sahen. Jetzt, da wir sie gesehen haben, wollen wir auch eins haben.

Der Bereich um die Hauptbühne der Auktion ist genauso überfüllt wie die Straßen. Alle drängen sich Schulter an Schulter in die Arena.

Wir müssen über einen Ikbar und einen Mux steigen, die auf dem sandigen Boden ficken, während wir uns durch die versammelte Masse drängen. Bei jedem Stoß des Ikbars in die mit Schleim bedeckte Kreatur ertönt ein krankhaftes, schmatzendes Geräusch. Der Schleim des unförmigen

Mux' spritzt in alle Richtungen und trifft mich an den Stiefeln und Hosenbeinen.

Ich verziehe die Lippen.

Ast und Tawns Gesichter spiegeln meine Abscheu wider, aber Jor wirft den Kopf zurück und lacht.

Er hebt seinen gestiefelten Fuß an die Mitte des dünnen Hinterns des Ikbars und hilft ihm beim Stoßen. „So ist es richtig. Besorge es ihm richtig gut."

Das fickende Paar quietscht.

„Verdammt noch mal." Ich drehe mich um und dränge weiter in die Richtung der leeren Bühne. „Wann soll es hier losgehen?", schnauze ich, genervt von diesem ganzen Trip.

„Bei Einbruch der Dunkelheit?", sagt Ast, als wäre er sich nicht sicher.

Jor schnaubt, wahrscheinlich über die Lächerlichkeit dieser Aussage. Ak'ba ist eine geschlossene Mondkolonie ohne Sonne und Atmosphäre. Die künstliche Beleuchtung hier vermittelt jederzeit den Eindruck von Nacht.

Wir erreichen gerade den Bereich direkt vor der Bühne, als sich die Lichter um die Arena herum verdunkeln und ein Scheinwerfer über die Mitte der Bühne strahlt. Die lärmende Menge verstummt, wie beabsichtigt, und konzentriert sich nun auf die langersehnte Überraschung, die uns allen versprochen wurde.

Schockiertes Keuchen hallt durch die Luft. Ich rieche sogar Spuren von Angst, als zwei Ikbars mit identischem Grinsen auf ihren fast durchsichtigen Gesichtern eine der seltensten und wertvollsten Kreaturen des bekannten Universums herausführen.

Meine eigene Kybernetik arbeitet hart, um mein rasendes Herz zu beruhigen.

Die Menge ist vor Ehrfurcht verstummt.

„Ist das …", beginnt Ast.

„Ich glaube ja, verdammt", antwortet Tawn.

Ihr dichtes, schwarzes Haar hängt offen herab und verdeckt ihr Gesicht. Es ist unmöglich, zu erkennen, ob sie hochgeboren oder *veranisch* ist. So oder so verraten ihr geschmeidiger blauer Körper und das schwarze Haar ganz deutlich, dass sie eine Zapex ist.

Ein verdammtes Zapex-*Weibchen*.

Und komplett nackt, sodass alle ihre vielen köstlichen Reize sehen können.

Sie ist die verführerischste Kreatur, die ich je gesehen habe.

Mit gefesselten Händen, die Handflächen hinter dem Rücken zusammengebunden, werden ihre hohen Brüste einladend nach vorn gestreckt. Ihr Oberkörper verjüngt sich in der Mitte zu einer schlanken Taille, die sich nach unten hin zu einer sanft gerundeten Hüfte ausbreitet. Der Ansatz ihrer Oberschenkel ist nackt und prall. Verlockend.

Mir läuft das Wasser im Mund zusammen und mein Lebensbringer schwillt an, weil ich herausfinden will, ob ihre Muschi so weich und einladend ist, wie sie aussieht.

Meine, sagt etwas in mir und verlangt, dass ich Anspruch auf das Weibchen auf der Bühne erhebe. So töricht es auch sein mag, ich will sie. Meine Suche ist vorbei. Keine andere wäre gut genug.

Ich schaue auf die gaffenden Massen und werde von einer seltsamen, kranken, brennenden Wut übermannt. Sie schnürt mir die Kehle zu und breitet sich aus. Sie sind es nicht wert, ein solches Geschöpf anzustarren. Ein Geschöpf, das nicht für sie bestimmt ist.

Meine.

„Das ist unmöglich", murmelt Jor und es dauert einen Moment, bis ich merke, dass ich meinen Gedanken nicht laut ausgesprochen habe. Er kommentiert die Tatsache, dass ein Zapex-Weibchen hier ist. Auf Ak'ba. Und ich muss zustimmen. Es wäre wahrscheinlicher, ein menschliches Weibchen hier zu sehen als eine Zapex.

Mit schlanken, zusammengesunkenen Schultern wird das blaue Weibchen, *mein* Weibchen, auf die Knie gezwungen. Ich kämpfe gegen den irrationalen Drang, ihre beiden Ikbar-Händler zu töten. An den Blutergüssen an ihren Armen und Beinen und ihrem verängstigten Verhalten kann man erkennen, dass sie geschlagen worden ist.

Wenn sie diejenigen waren, die sie geschlagen haben ... Jeder Muskel in meinem Körper spannt sich an und ich will zurückschlagen.

„Soweit ich weiß, ist es illegal, ein *veranisches* Weibchen zu schlagen", sagt Tawn und starrt immer noch auf unser Weibchen auf der Bühne.

„Und es ist verdammt noch mal unerhört, eins zu verkaufen", murmelt Jor mit einem Stirnrunzeln.

Obwohl *veranische* weibliche Zapex aus einer niedrigen Kaste stammen, werden sie als Orakel und geschätzte Konkubinen verehrt, die nur an die höchstgeborenen Zapex-Häuser vergeben werden.

„Heilige *ramdianische* Eier", flucht Ast. „Wie zum Teufel ist sie hier gelandet?"

Das ist wahrscheinlich die Frage, die uns allen durch den Kopf geht. Um uns herum erhebt sich ein Gemurmel und ich höre, wie diese Frage in jedem bekannten Dialekt der Jun'pn-Galaxie wiederholt wird.

Ast und Tawn neigen ihre Körper so, dass sie mit dem Rücken zur Bühne und nicht zur Menge stehen. Sie schauen sich um, als würden sie Ärger am Horizont spüren. Und das zu Recht. Zapex-Weibchen sind die am stärksten bewachten Wesen im Universum. In meinen über fünfzig

Solaren habe ich noch nie auch nur einen Blick auf eines erhascht.

Mit ihrem Kinn immer noch nach unten geneigt, sieht sie mich durch den Schleier ihres Haars direkt an. Ihre Augen sind strahlende onyxfarbene Kugeln, die zu mir sprechen. Sie ziehen mich in ihren Bann.

Das Schwarz ihrer Augen bestätigt, dass sie *veranisch* ist. Und jetzt, da ich sie gesehen habe, verstehe ich, warum ihre Art seit Tausenden von Jahrhunderten als sexuelle Dienerinnen gehalten wird. Selbst gefesselt und geschlagen ist sie betörend.

Veranis sind dafür bekannt, eine Art Priesterinnen zu sein, aber sie prophezeien das Schicksal durch sexuelle Zusammenkunft. Ich bin mir nicht sicher, ob ich den Scheiß über ihre mystischen Fähigkeiten glauben soll, und es ist mir auch egal. Sie gehört mir. Sie ist für uns vier bestimmt.

Ohne nachzudenken, springe ich auf die Bühne.

„Was zum Teufel macht er da?", höre ich Jor hinter mir fragen. Ich ignoriere ihn und die beiden Ikbars, die das Weibchen flankieren, als ich vorwärtsschreite.

Ich bleibe erst stehen, als meine gestiefelten Füße fast ihr Knie berühren. Vorsichtig hebe ich ihr zartes Kinn an.

Ihr Gesicht ist mit Blutergüssen übersät, ihre Lippe aufgeplatzt und geschwollen, und doch ist sie das schönste Geschöpf, das ich je gesehen habe.

„Löst ihre Fesseln", befehle ich.

„Das ist nicht klug", sagt der Ikbar zu meiner Rechten mit klickenden Schlägen seiner Zungensprache.

Ich zeige meine Verärgerung durch das Zusammen-beißen meines Kiefers und das Ballen meiner Faust. „Genauso wenig wie das Nichtbefolgen meines Befehls."

Schnell macht er sich daran, erst ihre Unterarme, dann

ihre Handgelenke und zuletzt die Fesseln an ihren Händen zu lösen.

Sie stößt einen verzweifelten Schrei aus, als sie die Fesseln durchschneiden. In dem Moment, in dem ihre Hände frei sind, wird ihr Haar in Wellen lebendig und wirbelt herum, als hätte es einen eigenen Willen.

Ich wende mich an die Ikbars und zeige auf ihre Blutergüsse, während sie das Leben zurück in ihre Arme reibt. „Habt ihr das getan?", frage ich das verhaltene Zweiergespann, das in der Nähe verweilt.

„Sie ist so angekommen."

„Sogar noch schlimmer", sagt der andere. Sie sind dünn und knochig, wie alle Ikbars, und ihre fast durchsichtige Haut lässt Adern durchscheinen. Leicht zu töten. Aber ich habe nicht das Gefühl, dass sie lügen.

„Wie ist sie in euren Besitz gekommen?"

„*Gearan* sagt, Master will sie nicht. Wird sie töten. Hat sie auf Minenplaneten geschmuggelt."

Bei seinen Worten lässt die *Verani* ihr Kinn wieder sinken.

Interessant. Ich habe viele Fragen an diese kleine *Verani*, aber die müssen warten.

Ich ziehe ein Säckchen mit Edelsteinen aus einem Beutel an meiner Weste und werfe es dem Ikbar zu meiner Linken zu. Es trifft ihn an seiner knorrigen Brust und seine vier Hände versuchen, es aufzufangen, bevor es herunterfällt.

Der andere Ikbar runzelt die Stirn. „Was ist das?"

„Die Bezahlung. Sie gehört jetzt uns."

Ich hebe sie hoch und sie versteift sich für einen Moment, bevor sie weicher wird und ihre Arme um meine Schultern schlingt.

Meine.

Meine Kybernetik muss hart arbeiten, um meinen beschleunigten Herzschlag und den Hitzepuls, der in meinem Körper aufsteigt, auszugleichen. Ihr verlockender Duft umspielt meine Sinne und prägt sich in den Stoff meines Wesens ein. Die Richtigkeit ihrer Existenz in meinen Armen trifft mich so hart, dass alles andere in den Hintergrund tritt.

Zapex oder nicht, sie gehört mir.

TAWN

„Verdammt, hat er gerade gesagt, dass sie *uns gehört?*"

Banx schnappt sich das *veranische* Weibchen und schreitet auf uns zu. Die Ikbars klicken und klackern unglücklich hinter ihm. Ich habe keine Ahnung, wie viel Banx ihnen gegeben hat, aber sie sind offensichtlich der Meinung, dass es nicht genug ist. Klugerweise folgen die Kreaturen ihm nicht.

Banx springt mit der *Verani* in seinen Armen von der Bühne.

„Hat er einen Sprung in der Schüssel?", ruft Ast ungläubig aus, dann wendet er sich an Banx und fragt direkt: „Ist deine Kybernetik defekt?"

Es ist eine berechtigte Frage. Wir sind Monrok. Alles, was wir tun, ist exakt, mit dem Ziel, das beste Ergebnis zu erzielen. Irrationales Verhalten ist ... unlogisch. Schwach.

Unsere Körper wirken wie eine schützende Barriere gegen die Menge, aber ich muss meine Ellbogen in die Gesichter von einigen Wesen stoßen, die versuchen, einen besseren Blick auf das Weibchen in Banx' Armen zu werfen.

„Ich hasse es ja, die Stimme der Vernunft zu sein", sagt Jor mit einer Ernsthaftigkeit, die er seit Jahrzehnten nicht mehr gezeigt hat. „Aber eine *Verani*, Banx? Ich will meinen Schwanz genauso nassmachen wie jeder andere auf diesem dreckigen Planeten, aber vielleicht überlegst du dir das noch einmal, ja? Sie ist ein verdammtes Orakel. Ein *Zapex*-Orakel. Niemand nimmt sich einfach Zapex-Fleisch und Blut und bleibt damit unbemerkt."

„Dem stimme ich zu", sage ich und Ast nickt ebenfalls. Der Galaktische Einheitsrat hat den Monrok gerade erst die Freiheit zugesprochen. In gutem Glauben. Diese Art von Scheiße löst Kriege aus.

Banx schüttelt nur den Kopf. „Sie kommt mit uns."

„Ist das so?", frage ich aufrichtig neugierig. „Wir nehmen eine *Verani*, die wir illegal erworben haben, einfach öffentlich mit?"

„Ich bin sicher, der Einheitsrat wird begeistert sein, wenn er erfährt, dass wir tatsächlich die plündernden Bestien sind, für die uns die halbe Galaxis hält", sagt Jor unwirsch.

Banx wirft uns nur einen finsteren Blick zu, umklammert besitzergreifend seine kostbare Errungenschaft und schlendert den Weg zurück, den wir gekommen sind. Ich fluche, laufe aber zu seiner Linken her. Ast flankiert seine rechte Seite und Jor übernimmt die Nachhut. In Formation bahnen wir uns einen Weg zurück durch die Menge. Nur die Mutigsten versuchen, die Hand auszustrecken und sie zu berühren.

Ast zieht seine lange Klinge heraus und diejenigen, die nach ihr greifen, müssen mit abgetrennten Gliedmaßen rechnen. Mit ihren gequälten Schreien hinter uns weicht der Rest der Menge zurück und macht einen großen Bogen um uns.

Ich schaue zu dem Weibchen hinüber, um sie besser sehen zu können, aber sie hat ihr Gesicht an Banx' Schulter geschmiegt. Ihre zerschundenen Arme hat sie fest um seinen Hals geschlungen. Selbst in diesem Zustand ist ihr Körper fesselnd und ich frage mich, wie sie sich an mich gedrückt anfühlen würde.

Wir sind auf halbem Weg zurück zur Shuttlebucht, als Ast warnt: „Feind voraus".

Direkt vor uns befindet sich eine Gruppe von sieben Zapex. Drei von ihnen sind sehr muskulös und tragen Felle und Leder anstelle der traditionellen Gewänder, was darauf hindeutet, dass sie Zapex-Krieger sind. Sie sind alle schwer bewaffnet, aber wir können sie leicht töten.

Trotzdem muss ich Banx fragen: „Willst du diesen Kampf wirklich?" Wir Monrok haben gerade erst unsere Freiheit erlangt. Der Galaktische Einheitsrat hat die Zapex gezwungen, jeden Anspruch auf die Monrok aufzugeben, von dem sie glauben, dass sie ihn einst hatten. Der GER hat sich in dem guten Glauben mit uns verbündet, dass wir einen Krieg in der Jun'pn-Galaxie verhindern werden.

Und die Zapex werden keinen Krieg gegen uns führen, es sei denn, sie werden *ausdrücklich provoziert*.

Und es gibt keine deutlichere Provokation für einen Krieg, als dabei gesehen zu werden, wie wir eine *Verani* gewaltsam von Ak'ba wegbringen.

„Wir sollten sie ausliefern", versuche ich zu argumentieren. „Sie mit ihrem Volk nach Hause schicken. Sie ist eine verlockende Beute, aber ist eine *veranische* Muschi es wert, dafür in den Krieg zu ziehen?"

Banx schaut auf das Weibchen hinab. „Gehörst du zu uns oder zu ihnen?" Er deutet mit einem Nicken auf die Zapex in der Ferne.

Sie folgt seinem Blick und versteift sich, bevor sie sich

fester an Banx klammert. Ein Hauch von Angst entweicht ihr, bevor sie ihn unterdrückt. „Zu euch. Bitte." Ihre bezaubernde, melodische Stimme trifft mich wie ein Schlag. „Ich gehöre zu euch."

„Du weißt, was es für dich bedeutet, wenn du mit uns kommst?", fragt Banx. Sein heißer Blick lässt keinen Zweifel daran, was von ihr erwartet wird.

Sie erschaudert, nickt aber. „Ja."

Ein Wort aus ihrem blauen Schmollmund und mein Lebensbringer erwacht zum Leben.

Mit durchgedrückten Schultern nickt Banx entschlossen. „Dann kämpfen wir."

Asts Lachen ist dunkel und herzlich, während er seine handgefertigte Machete schwingt.

Jor spuckt vor Banx' Füßen in den Dreck und lenkt seinen Blick dabei nicht ein einziges Mal von den sich nähernden Gegnern ab. „Sollen doch alle wissen, dass wir die *Hadhrs* sind, die im Namen der Zapex-Muschi einen Krieg angezettelt haben." Das ist eine seltsam sarkastische Aussage für Jor. Normalerweise ist er immer der Erste, der kämpfen will.

Ich starre wieder auf die wunderschöne *Verani* in Banx' Armen, so süß und unschuldig. So reif, geerntet zu werden.

„Wir haben alle schon für weniger gekämpft und getötet", erinnere ich Jor.

Sein Kiefer zuckt. „Ich dachte, wir wären fertig damit, für die verdammten Zapex zu kämpfen."

„Wir kämpfen für uns und das, was *uns* gehört", knurrt Banx gereizt.

„Wenigstens haben wir eine warme Muschi, die wir zum Trost ficken können", meint Ast.

„Das ist die richtige Einstellung", sage ich und grinse, als die erste Explosion die Luft erschüttert.

Kapitel Zwei

SANA

Dann kämpfen wir.

Ein Schauer durchzuckt mich bei der Aussage des Monrok, die mit einem so tödlichen Versprechen einhergeht. Der Rest ihres Gesprächs ist ein Summen in meinen Ohren. Es bleibt keine Zeit, über die Konsequenzen meines Handelns nachzudenken. Ich werde nicht zurückgehen. Ich kann nicht zurückgehen.

Ich schließe die Augen, weil ich nicht sehen will, wie meine Zapex-Landsleute meinetwegen niedergestreckt werden. Es war schon schlimm genug, dass ich mitansehen musste, wie der Monrok zu meiner Rechten die Hände von Kreaturen abschlug, die versuchten, mich zu erreichen und zu berühren. Schneller als es möglich sein sollte, hatte er eine lange Klinge von seinem Rücken gezogen und sie mit einer Drehung seines Handgelenks in drei verschiedene Richtungen durch die Luft geschwungen. Meine Beine sind mit Blutspritzern beschmiert, die durch die Luft flogen.

Mein Magen zieht sich krampfhaft zusammen.

Explosionen unterbrechen meine Gedanken. Die statische Energie, die um mich herum flimmert, erweckt meine Sinne. Mein Haar fängt an zu fliegen und wogt in Wellen, als ein Strom durch mich schießt. Schocks elektrischer Energie entspringen aus meinen Händen. Das Biest, das mich trägt, flucht und hebt mich über seine Schulter. Ich hänge über seinem Rücken, als wir rennen und versuche, mich an dem eng anliegenden Kleidungsstück festzuhalten, dass er anhat.

„*Scheiße*. Da sind noch mehr von ihnen", schreit einer der Monrok über das Geschehen hinweg. „Bringt sie zum Schiff. Wir kommen nach."

Ich hebe den Kopf und sehe mindestens zwanzig Zapex, die uns verfolgen und auf uns schießen. Der Monrok mit der langen Klinge wird am Bein getroffen, sein Fleisch wird zerrissen, aber er bleibt in Bewegung und es scheint ihm nichts auszumachen.

Der Monrok zu meiner Linken stolpert und sein Hemd qualmt von einer Explosion. Der Monrok, der mich trägt, dreht sich um und schießt aus seinen Händen in die Luft. Die Schockwelle des Blasters wirbelt die Luft auf. Drei Zapex werden durch den Aufprall zurückgeschleudert.

Mein Magen krampft sich zusammen. Es gibt jetzt bereits so viel Blutvergießen. Ein weiterer Monrok ganz rechts von mir wird getroffen. Er schleudert eine Reihe von Explosionen aus beiden Händen, die drei weitere Zapex ausschalten.

„Hört auf!", schreie ich, richte mich im Griff des Monrok auf und hebe instinktiv meine Hände. Mit ausgestreckten Handflächen lenke ich die elektrischen Ströme in der Luft zu mir. Durch mich hindurch.

„Was machst du da?", schnauzt er. „Runter."

Ich schließe die Augen gegen den schwindelerregenden Rausch, der durch mich strömt, und konzentriere mich darauf, den elektrischen Schockstrom der Explosionen der Monrok und Zapex zu bündeln. Das ohrenbetäubende Dröhnen verwandelt sich in zischende Stromstöße, als mein Schutzschild in der Luft um uns herum schimmert.

Die Monrok bleiben stolpernd auf der sandigen Straße stehen und starren mich an.

„Was zum Teufel?", murmelt einer.

„Bewegt euch", schreie ich sie an. Meine Arme zittern und schon bald bebt mein ganzer Körper vor Anstrengung. Ich weiß nicht, wie lange ich es durchhalten kann. Meine Sicht verschwimmt, während Nadelstiche auf meiner Haut prickeln. Ich konzentriere mich darauf, den Schild in Position zu halten, während wir an den Shuttles vorbeistürmen.

Wir biegen um eine Ecke und entweder liegt es an der Entfernung oder der Tatsache, dass ich nichts mehr sehen kann, aber meine Verbindung wird unterbrochen. Keuchend bleibe ich auf dem Monrok hängen, während wir eine Luke hinaufstürmen.

Das laute Echo des Laserfeuers, das auf das Schiff einprasselt, wird immer leiser, je tiefer wir ins Innere des Schiffes gelangen.

Ich werde kurzerhand auf den Boden geworfen, während der Monrok, der mich gekauft hat, mit zwei weiteren zu den Schalttafeln rennt. Der vierte thront über mir. Sein vernarbtes Gesicht ist mit grimmigen Falten verzogen, die muskulösen Arme vor der Brust verschränkt.

Ich krieche bei seinem bösartigen Blick zurück und

schaue mich in dem geräumigen Kontrollraum um, während das Schiff schwankt und vom Boden abhebt.

Das Schiff ist riesig und viel größer als alles, was ich je gesehen habe. Nicht, dass ich viel Erfahrung mit außerplanetarischen Reisen habe. Das Ausflugsschiff meines Masters war bescheiden. Es gab nur drei spärliche Schlafräume und einen kleinen Gemeinschaftsbereich hinter einem engen Kontrollraum. Ich war nur ein paar Mal darauf unterwegs.

An meine Reise weg von Jar'jn kann ich mich nicht erinnern. Ich wurde in eine Kiste gestopft. Pippen hatte versprochen, mich in Sicherheit zu bringen, aber irgendetwas ging schief. Und anstatt nach Pacbar gebracht zu werden, wurde ich von den beiden Ikbars gefunden. Ich versuchte, mich gegen sie zu wehren, aber ich war immer noch zu schwach, um sie mit meinem Geist zu bekämpfen. Sie fesselten meine Arme und Hände und sperrten mich im hinteren Teil eines überfüllten Laderaums in einen Käfig.

Und jetzt bin ich hier.

Der vertraute Sog eines fliegenden Schiffes presst auf mich ein. Ich knirsche mit den Zähnen und rolle mich zu einer Kugel zusammen, als er zunimmt. Dann ist er weg. Ich schwebe kurz durch die Luft, schwerelos, bevor mich die Schwerkraft wieder nach unten fallen lässt.

Ich reibe mir die Hüfte, auf die ich gefallen bin, und stelle fest, dass der wütende Monrok so nah neben mir steht, dass seine Stiefel meine Oberschenkel berühren. Ich habe noch nie einen Monrok in natura gesehen. Es sind furchterregende Bestien. Riesen in ihrer Statur, mit harten Körpern, die aus Stein gemeißelt sein könnten. Doch wie der, der mich gekauft hat, hat auch dieser etwas an sich, das mich anzieht.

Eine Narbe verläuft von knapp unter seinem Auge über

die Wange bis zu seiner Kehle und ich frage mich, was passiert ist, um einen solch verheerenden Schaden zu verursachen. Ich habe gehört, dass Monrok von jeder Wunde heilen können. Vielleicht sind sie widerstandsfähiger, als man mir weismachen wollte.

Seine Haut ist blass und sein Haar hat eine sogar noch hellere Farbe. Wie Mondstrahlen, ein Goldton, der fast weiß wirkt. Die Spitzen an einer Seite sind angesengt, wo er der Explosion ausgesetzt war. Sein Oberteil ist an der Schulter zerrissen und gibt den Blick auf verbranntes Fleisch frei. Es sieht furchtbar schmerzhaft aus, aber wie der Monrok, dem ins Bein geschossen wurde, scheint ihm seine Verletzung nichts auszumachen.

Alle Monrok gehören zur selben Spezies, aber ihre Färbung gleicht sich überhaupt nicht. Bis auf ihre Augen. Sie alle haben faszinierende, hellblaue Augen, die wie *Tash*-Steine vor einem weißen Hintergrund leuchten. Die Farben verwirbeln oder verschmelzen überhaupt nicht miteinander. Sie sind höchst beunruhigend. Starr.

Ich nehme meinen Mut zusammen und platze heraus: „Pacbar. Wir müssen nach Pacbar."

„Und warum sollten wir das?", fragt er.

Ich recke mein Kinn in die Höhe und weigere mich, mich einschüchtern zu lassen. Ich bin schon zu weit gekommen. „Ich weiß Dinge – Dinge, von denen der Galaktische Einheitsrat erfahren muss."

„Ist das so?" Er geht in die Hocke, stützt die Ellbogen auf seine Knie und starrt mich an. Ich versteife mich vor Sorge. „Und was weißt du?"

Mein Blick huscht von ihm zu den anderen Monrok, die uns Blicke zuwerfen, während sie das riesige Schiff um einen riesigen Krater manövrieren und Koordinatenkarten aufrufen. Ich schlucke heftig. Die Dinge, die ich weiß ... sie könnten meine Freiheit bedeuten und Millionen von Bewohnern der Jun'pn-Galaxie auf die Zerstörung vorbereiten, die auf sie zukommt. Aber ... in den falschen Händen könnten die Informationen das Ende der Zapex bedeuten.

„Hmm, nichts zu sagen?"

Ich senke meinen Blick auf meinen Schoß.

„Ich traue dir nicht, *Verani*." Seine Worte sind eine Warnung. Seine Stimme klingt rau. Alle ihre Stimmen sind so, als würden sie die Wildheit verraten, zu der sie fähig sind. Sie sprechen in der Sprache der Zapex, aber mit einem groben Akzent, den ich noch nie gehört habe.

Die Worte einer *Verani*-Priesterin, von der ich als Kind gelernt habe, kommen mir in den Sinn. „Es ist grundsätzlich unklug, auf das zu vertrauen, was wir nicht kennen. Stattdessen müssen wir in Zeiten des Zweifels unserem Geist vertrauen." Die Priesterin sagte auch, Monrok seien einfältige Bestien. *Das* behalte ich für mich.

„Und doch bist du hier", schimpft er. „Aus freien Stücken."

Was glaubt er denn, welche Wahl ich hatte? „Ich bin wegen der Umstände und aufgrund von Notwendigkeit hier." Könnte er denken, ich hätte mir dieses Schicksal ausgesucht? Dass jeder von uns eine *Wahl* hat?

„Und aus denselben Gründen wirst du hingehen, wo auch immer wir dich hinbringen."

„Lass sie in Ruhe." Derjenige, der mich gekauft hat, kommt herüber und hebt mich vom Boden hoch.

Mein Körper kribbelt mit einem Gefühl des Erkennens, genau wie in dem Moment, als er auf die Bühne kam und seinen Anspruch auf mich erhob. Es lässt mich glauben, dass er von den Sternen in mein Schicksal eingewoben wurde.

„Du wirst Jor ignorieren müssen", sagt mein vom Schicksal Auserwählter. „Er ist ein *Aheh*."

Ich stoße ein Lachen aus, weil ich überrascht bin, dass er diesen Begriff benutzt. Ein *Aheh* ist der Anus von fetten, stacheligen, kleinen Kreaturen, die *Breekis* genannt werden.

„Wir sollten sie nach Pacbar bringen", brummt Jor hinter uns. „Sie dort absetzen und loswerden."

Mein neuer Master ignoriert ihn, setzt mich auf eine Gelschwebeliege und schnallt mich an der Taille fest.

Ich schiebe den Gurt weg. „Das ist nicht nötig."

Er schlägt meine Hände weg und streckt einen dünnen Scanner aus. „Halte still", sagt er, während er beginnt, meinen Körper von Kopf bis Fuß zu untersuchen.

„Darf ich ein Gewand bekommen?" Die Ikbars haben mir auf demütigende Weise mein Gewand und meinen Umhang genommen, bevor sie mich fesselten und in den Käfig sperrten.

„Wir haben keine Zapex-Kleidungsstücke an Bord. Vielleicht können wir dir später ein T-Shirt besorgen." Er wirft einen heißen Blick auf meine Brüste, dann auf mein Geschlecht. „Hinterher."

Sein Tonfall lässt keinen Zweifel daran, worauf sich das „Hinterher" bezieht. Ich sauge meine Lippen nach innen und nehme mir vor, keine weiteren Fragen zu stellen. Selbst als warme Luft um mich herum zu zirkulieren beginnt und ich mich frage, ob ich ihm dafür danken sollte.

„Hast du einen Namen?", fragt er.

„Sana, mein Herr."

Er zieht eine Augenbraue hoch. „Ich bin Banx."

Banx' Haut ist viel dunkler als die von Jor. Sein Haar ist so schwarz wie mein eigenes, aber von dicht geringelter Struktur. Er ist überall groß und breit. Sein Kiefer. Seine Schultern. Seine Hände. Er ist stark und mit harttrainierten

Muskeln bepackt. Mein Haar fängt an zu schweben, weil es ihn erkunden will. Er schlägt es weg und ich versuche, meine widerspenstigen Strähnen zu bändigen.

Mein alter Master, Kechlyn, war ungefähr genauso groß, wenn nicht sogar größer als Banx, aber wie die meisten Zapex dünn. Er hat meine Sinne nicht so erweckt, wie es die Anwesenheit dieser Monrok tut.

„Sie hat einen Fesselungschip." Er sagt es in den Raum hinein, greift mit der Faust in mein Haar und dreht meinen Kopf grob zur Seite.

Meine Haare schlingen sich um seinen Arm und mit der Hand greife ich nach seinem Handgelenk. Aber er löst meine Finger leicht von sich und hält mich fest.

Ich spüre ein scharfes Brennen an meinem Nacken. Ich schreie und wehre mich gegen seinen Griff.

„Halte still", fordert er. „Es wird schneller gehen, wenn du ruhig bleibst."

„Was machst du da?" Panik schießt durch mich hindurch. Der Scanner, den der Monrok neben meiner Hüfte auf die Liege gelegt hat, fliegt quer durch den Kontrollraum. Die Lichter blinken.

Banx greift nach meinem Gesicht. „Beruhige dich."

Ein anderer Monrok pfeift leise. „Ist es sicher, sie an Bord zu haben?"

„Ich werde sie aus der Luftschleuse werfen, wenn sie versucht, uns zu Fall zu bringen." Dies kommt von Jor.

„Es ist alles in Ordnung", sagt Banx, ohne seinen Blick von mir abzuwenden. „Nicht wahr?"

Ich nicke, um ihm zu versichern, dass ich mich beruhigt habe.

„Wir entfernen deinen Fesselungs- und Ortungschip."

Ich nicke erneut und schlucke die Entschuldigung hinunter, die mir auf der Zunge liegt. Dies sind nicht die nachsichtigen *Gearan*, mit denen ich es sonst zu tun habe. Ein Schuldeingeständnis würde mir bei diesen Männern nichts bringen. Hätte Banx mir gesagt, was sie vorhaben, wäre ich gar nicht erst in Panik verfallen.

Ich drehe meinen Kopf erneut und schiebe mein Haar aus dem Weg. „Ich bin bereit."

„Versuche, stillzuhalten", knurrt Banx, als er meinen Fesselungschip von der Wirbelsäule entfernt. Aber der Schmerz macht es schwer, mich nicht zu bewegen. Alle meine Instinkte schreien mich an, dem Schmerz zu entkommen.

Ein eisiger Schauer durchzuckt meinen Körper, als die Tentakel des Chips darum kämpfen, weiter mit meinen Nervenenden verbunden zu bleiben.

Mein Magen verkrampft sich.

Eine weitere brennende Berührung an meinem Nacken folgt. Der Geruch von verbranntem Fleisch lässt mich wimmern, als sie die kleine Wunde schließen. Eine kühle Salbe wird auf die Wunde aufgetragen, die den Schmerz sofort lindert. Ich höre ein Knirschen. Dann fegt der wütende Monrok mit dem Mondstrahlenhaar die zerquetschten Überreste vom Boden und geht zu einer Wand, um sie zu entsorgen.

Der Ortungs- und Kontrollchip, den ich seit meiner Kindheit in mir getragen habe, ist jetzt weg. Banx lässt mich aus seinem Griff los und für einen Moment bin ich frei. Schwerelos. Meine Identität ist verschwunden, ebenso wie das Leben, das ich bis zu diesem Zeitpunkt geführt habe.

Dank der mächtigen Monrok werde ich nicht nach Jar'jn zurückgeschleppt, um dort hingerichtet zu werden. Und diese Monrok sind *mächtig*. Banx allein ist dreimal so groß wie ich. Er ist ein prächtiges Biest und für den Kampf gebaut. Möglicherweise ist er auch für weitaus triebhaftere

Dinge geschaffen. Dinge, für die auch ich geschaffen wurde, die ich jedoch nie auf die Weise erleben konnte, wie sie für mich vorbestimmt waren.

Meine Brustwarzen ziehen sich zusammen, als ich mir vorstelle, was er für mich geplant haben könnte.

Ich erröte tief und hoffe, sie merken nicht, in welche Richtung meine Gedanken abschweifen.

Ich studiere meinen Monrok-Entführer-Helden aufmerksam genug, um zu sehen, wie er seinen Blick über meinen Körper streifen lässt. Aber mit einer viel klinischeren Art als der, mit der ich ihn begutachtet habe.

„Wer hat dir diese blauen Flecken beschert?", fragt er unwirsch. Sein Griff um den Scanner wird fester, bis das Gerät an einer Seite bricht.

In meinem Bauch flattert es vor Nervosität, aber auch mit etwas anderem, weil er so viel Stärke demonstriert. „Von der ehrenwerten Gefährtin meines Masters." Die Antwort kommt schnell und leicht heraus. Ich habe keinen Grund zu verbergen, wie ich hierhergekommen bin.

Banx zieht die Augenbrauen hoch, ob über meine Worte oder über das, was er auf dem Bildschirm des Scanners liest, weiß ich nicht.

Der Monrok mit dem brünetten Lockenkopf und den freundlichen Augen steht neben der schwebenden Liege. Er streicht mit den Fingern leicht über meinen Bauch. Er zupft kühn an den zusammengezogenen Knospen meiner Brüste und Wärme breitet sich tief in mir aus.

Mein Haar erwacht bei diesem Gefühl zum Leben; Strähnen schießen nach oben und schlingen sich um sein Handgelenk. Eigentlich sollte mich meine missliche Lage beunruhigen, aber stattdessen genieße ich seine Berührung. Es ist, als würde ich einen schrecklichen Durst stillen. Zu lange wurde mir sinnlicher Kontakt verwehrt.

Ein verspieltes Grinsen huscht um seine vollen, schönen Lippen. „Und was hast du getan, dass sie so sehr beleidigt hat, dass sie ihr Leben riskiert, um dich vom Planeten zu verkaufen?"

„Sie hat mich nicht verkauft. Sie hat versucht, mich zu töten. Selbst jetzt hält sie mich für tot."

Sein verspieltes Lächeln verschwindet und er zieht die Augenbrauen nach unten.

„Sana ist fortpflanzungsfähig", verkündet Banx.

Die anderen Monrok treten an die Schwebeliege heran und umringen mich auf beiden Seiten, um den Scanner herumzureichen. Ihre riesigen Gestalten verdunkeln das Licht über mir. Ich empfinde ihre Nähe als ebenso erdrückend wie berauschend.

„Ich dachte, alle *Verani* und *Gearan* werden bei der Geburt sterilisiert", sagt Jor zu den anderen.

„Alle *Gearan*, ja", werfe ich ein. „Für sie hat sich nichts verändert."

Gearan sind das männliche Gegenstück der *Verani*. Sie werden alle bei der Geburt sterilisiert, behalten aber ihr funktionierendes Geschlechtsteil, sodass sie sowohl ihre männlichen als auch ihre weiblichen Gebieter beglücken können ... wenn der Herr oder die Herrin dies wünschen. Es war ganz sicher der Wunsch *meines* Masters.

Wenn ein männlicher oder weiblicher Zapex mit schwarzen Augen geboren wird, wird er in die niedere Kaste eingestuft und zur Erziehung in einen Tempel geschickt. Sie testen einen, während man noch jung ist, damit sie einen einordnen können. Je besser die Gabe der Zweiten Sehkraft, desto höhergestellt der Haushalt, für den man eventuell ausgebildet wird.

„Wir *Verani* sind fast alle mit der Gabe der Zweiten Sehkraft gesegnet", fahre ich fort und alle nicken, als wüssten sie das. „Aber einige, wie ich, haben besondere Kräfte."

„Diese Sache, die du gemacht hast, dieses Energiefeld hochzuziehen, das war etwas Besonderes", sagt der schöne Monrok sichtlich beeindruckt. Er hat mit meiner Hand gespielt und bei seinen Worten hebt er sie an seinen Mund. Er presst seine vollen Lippen auf meine Handfläche. Der unerwartet sanfte Akt lässt meinen Arm kribbeln und breitet sich in meinem Körper aus.

Jor stößt ihm gegen die Schulter. „Hör auf damit. Ich kriege einen Ständer, wenn ich sehe, wie du ihre Hand mit deinem Mund fickst."

Verlegen reiße ich die Hand zurück und schimpfe dann über mich selbst. Ich bin nicht annähernd so erfahren wie die meisten *Verani*. Ich wurde in jungen Jahren in das Haus meines Masters geschickt, aber er war viel mehr an den *Gearan* interessiert als an mir. Mein Master berührte mich erst, als ich volljährig war, um mich mit seinem Duft zu markieren. Und selbst dann war Pippen dabei.

Es war eher eine Zeremonie als alles andere. Und im Gegensatz zu den meisten hochgeborenen Haushalten war ich die einzige *Verani* im Haus. Ich hatte keine Schwestern im Haus, von denen ich hätte lernen oder mit denen ich Freude und Trost hätte finden können.

Die ehrenwerte Gefährtin meines Herrn, Keela, war stets eifersüchtig auf die Aufmerksamkeit, die mein Master den *Gearan* schenkte. Aber mich hasste sie. Der einzige Grund, warum sie mich duldete, war die Tatsache, dass sie es musste. Ich war ein Geschenk des Königs persönlich.

Ein Geschenk, das die meiste Zeit ungenutzt blieb.

Nervös blicke ich zu Banx auf. Er starrt ruhig und gefasst auf mich herab. Es hilft mir, mich zu konzentrieren und mich an die Lehren der Priesterinnen zu erinnern.

Behalte immer die Kontrolle. Wenn ich die Monrok zum Reden bringe, werden sie sich vielleicht nicht so schnell lustvoll auf mich stürzen.

Mein Herz klopft bei dem Gedanken in meiner Brust und ich kann einen Moment lang nicht atmen. Ich will den Gurt an meiner Taille lösen und wünschte, ich könnte mich aufsetzen und mich während dieses Gesprächs vielleicht bewegen. Aber Banx schlägt meine Hand erneut weg. Als ich zu ihm aufschaue, verschränkt er nur die Arme vor der Brust.

Also gut.

Was war die Frage? Richtig, genau. Was mich letztendlich hierhergeführt hat.

„*Verani* wie ich können sich die atmosphärischen Elemente des Universums zunutze machen." Ich hebe meine Hand und lasse die Luft um Banx herumwirbeln. Seine Lippen zucken, als wäre er amüsiert.

Es war das erste Mal für mich, meine Fähigkeiten einzusetzen, um diesen Schutzwall zu errichten. Ich habe meine Kräfte nicht oft benutzt, weil ich Angst vor der Bestrafung hatte, wenn ich es täte. Aber diese Kräfte waren immer da. Sie strotzten voller Leben und warteten nur darauf, an die Oberfläche zu kommen.

„Früher wurden alle *Verani* sterilisiert", fahre ich fort. „Und die mächtigsten von uns dienten nur im Harem des Königs. Aber König Thaain ist anders. Er mag seine Experimente."

Die Monrok um mich herum schnauben und spotten und mir wird klar, dass sie aus erster Hand wissen, wie sehr König Thaain Experimente liebt. Sie waren das Produkt seines kreativen Geistes. Sein größter Triumph und angeblich, sein schlussendlicher Untergang. Der Tod des Königs ist auf Jar'jn nicht allgemein bekannt, aber im Haushalt eines Mitglieds des Hohen Rates des Königs zu leben, hatte seine Vorteile ... und auch seine Nachteile.

„Thaain hat heimlich angeordnet, dass die *Verani* nicht sterilisiert werden, bis wir vier oder fünf Solare erreicht haben", erzähle ich ihnen. „Solche wie ich ... wir werden nicht länger für seinen Harem reserviert, sondern an Hochgeborene nach Wahl des Königs weitergegeben, damit wir schließlich zur Fortpflanzung genutzt werden können. Mein Master gehörte zum Hohen Rat von Thaain."

„Ich schätze, seine ehrenwerte Gefährtin war nicht begeistert, als sie erfuhr, dass du kleine *Verani*-Gören ausbrüten würdest", spottet Jor.

Mir wird angesichts seines Hohns heiß und kalt und ich weiß nicht, ob er sich gegen mich oder gegen die Zapex im Allgemeinen richtet.

„Ja. Mein Master erzählte ihr von Thaains Plan und dass es Zeit sei, mich zu besamen. Ich habe mich nicht auf das Ereignis gefreut, aber Keela ... sie drehte ein wenig durch, als sie davon erfuhr. Sie hat mich schon immer gehasst."

Keela ärgerte sich über meine Anwesenheit im Haushalt und wollte mich loswerden. „Sie betäubte mich, damit ich mich nicht wehren konnte." Dann ließ sie ihrer unbändigen Wut freien Lauf. Keela hatte mir das Leben zur Hölle gemacht, aber der Angriff überraschte mich trotzdem. Sie spie solch giftigen Hass auf mich hernieder, während sie mich immer wieder schlug und trat.

„Nachdem sie mich zu ihrer Befriedigung geschlagen hatte, befahl sie dem obersten *Gearan*, mich zu töten und meinen Körper loszuwerden. Aber er war mein Freund. Er half, mich vom Planeten zu schmuggeln."

Vertraue deinem Schicksal und sei stark. Pippen wird

wahrscheinlich nie erfahren, wie oft ich genau das tun musste, und ich habe Pacbar noch nicht einmal erreicht.

„Welch ein guter Freund, der dich an die Ikbars verkauft hat", spottet Jor.

„Das war ein Irrtum." Pippen wäre am Boden zerstört, wenn er wüsste, dass ich gefangen genommen und verkauft wurde.

„Dein Master will dich offensichtlich zurück. Er hat Krieger auf dich angesetzt. Warum meldest du sie nicht einfach?", fragt er. „Es ist illegal, eine *Verani* zu schlagen."

Ein düsteres Lachen bricht aus mir heraus. „Sie würde nur sagen, dass ich sie zuerst geschlagen habe. Selbst wenn jeder auf Jar'jn wüsste, dass sie lügt, würde man mich zum Tode verurteilen. Sie ist eine hochgeborene, ehrenwerte Gefährtin. Ich bin eine *Verani*."

Glaubt er etwa, diese Zapex waren auf Ak'ba, um mich zu retten? Sie waren wahrscheinlich dort, um mich hinzurichten. Die Ungerechtigkeit des Ganzen lässt mich die Fäuste ballen. Mein Haar schlägt mit wütendem Schnippen um sich.

„Ich habe gehört, dass Monrok simple Bestien sind", verhöhne ich ihn, „aber ich habe euch nicht für dumm gehalten." Kaum sind die unüberlegten Worte ausgesprochen, schlage ich mir eine Hand vor den Mund.

Jor kneift die Augen zusammen, als würde er darüber nachdenken, wie er mich am liebsten bestrafen möchte. „Du hältst mich für ein dummes Biest, du kleine ..."

„Ganz egal, wie es dazu gekommen ist", sagt Banx und hebt eine Hand, um Jor das Wort abzuschneiden, „sie gehört jetzt zu uns."

Jor lächelt, als würde er sich freuen, dass ich ihm gehöre, und sei es nur, um mich zu quälen. Ich erschaudere unter seinem intensiven Blick und kämpfe gegen das

Widerwort an, das mir auf der Zunge liegt. Ich möchte ihnen sagen, dass ich jetzt frei von meinem Master bin, aber es scheint, als hätte ich vier neue Master. Sie haben mich nicht nur gekauft, sondern Banx hat mich auch vor die Wahl gestellt, an die Zapex übergeben zu werden.

Ich wählte die Monrok.

Ich habe dieses Schicksal gewählt.

Vielleicht spürt Banx meine innere Zerrissenheit, denn er fährt in einem Ton fort, der hart wie Stahl und Eis ist: „Wir sind jetzt deine Master. Deine Gefährten. Dein Ein und Alles. Du stellst nichts infrage, was wir von dir verlangen, und du bist niemandem Rechenschaft schuldig außer uns Vieren. Hast du das verstanden?“

Nur zu gut.

Überwältigt klammere ich mich an den Gurt an meiner Taille, als würde mich das irgendwie vor dem Schicksal schützen, das diese Monrok für mich vorgesehen haben. Ich nicke nur, denn ein Kloß schnürt mir die Kehle zu.

„Sag es“, fordert er.

Ich senke den Blick unterwürfig, obwohl ich auf dem Rücken liege. „Ja, Master.“ Meine Stimme ist nur ein ersticktes Flüstern.

Banx hebt mein Kinn an, so wie er es auf der Bühne getan hat. Er mustert mich mit suchendem Blick, als wolle er in meinen Geist schauen. „Bereust du schon, dass du mit uns gekommen bist?“

Ich schüttle hastig den Kopf. Zu schnell. Er kneift die Augen zusammen. Meine Gedanken überschlagen sich und dann höre ich wieder Pippens Worte in meinem Hinterkopf. *Vertraue deinem Schicksal und sei stark.*

Das ist alles, was ich tun kann. Komme, was wolle, diese Monrok sind jetzt Teil meiner Reise. Möglicherweise der wichtigste Teil. Ich habe keine Ahnung, wie ich mich auf

Pacbar zurechtfinden oder die Aufmerksamkeit des Galaktischen Einheitsrates auf mich ziehen soll. Jetzt habe ich die Monrok. Ihre Hilfe zu bekommen, ohne ihnen etwas zu verraten, könnte schwierig werden. Aber das ist eine Sorge für ein anderes Mal.

„Nein, ich bereue es nicht, mit euch gekommen zu sein." Dieses Mal schaue ich ihm fest in die Augen und er nickt, als sei er zufrieden.

„Das ist Ast." Banx deutet auf den Monrok neben sich.

Ast ist der Handabhacker, der den Schuss ins Bein abbekommen hat.

Ich schaue über die Seite der schwebenden Liege und sehe, dass die untere Hälfte seines Hosenbeins abgerissen wurde. Ein Verband ist um das Bein gewickelt, wo er getroffen wurde.

Er ist etwas größer als Banx, aber seine schlanke, muskulöse Gestalt, ist sowohl für Geschwindigkeit als auch Kraft gemacht. Sein dunkles Haar ist viel länger als das der anderen. Er trägt es in einem Zopf am Hinterkopf. Sein Blick ist raubtierhaft, als er mich beobachtet. Meine Haut kribbelt, als wäre ich eine Beute, die er packen will.

„Du kennst Jor bereits", sagt Banx und fährt mit seiner Vorstellungsrunde fort. Der mürrische Jor mit den Narben an der Seite seines Gesichts starrt mich nur an. Er hat die Arme vor der Brust verschränkt. „Und der *Hadhr*, der seine Hände nicht von dir lassen kann, ist Tawn."

Selbst jetzt spielt Tawn mit den Fingern in meinem Haar. Er streichelt mich. Ich sende meine Strähnen an seinem Arm hinauf und erwidere die Streicheleinheiten, traue mich aber nicht, direkt zu ihm aufzusehen. Allein die Nähe des attraktiven Kriegers sendet Hitzewallungen durch meinen Körper. Meine Haut kribbelt unangenehm; ich hoffe, dass sie es nicht bemerken.

„Werden wir sie ficken?", fragt Jor.

Seine unverblümten Worte verschlagen mir die Luft und ich versuche, meinen Schock abzuschütteln. Es hat keinen Sinn, das Unvermeidliche hinauszuzögern. Immerhin sind sie vier mächtige Krieger und ich bin nur eine *Verani*.

„Wollt ihr mich etwa alle auf einmal nehmen?" Die panische Frage ist heraus, bevor ich sie mir verkneifen kann.

Ich zwinge meinen Körper, nicht vor Angst zu zittern, wenn ich daran denke, dass sie meine Löcher bis zum Anschlag stopfen werden. Meine Schenkel ziehen sich reflexartig zusammen, weil ein wenig der natürlichen Schmieröle aus meinem Inneren tropft.

Banx starrt mich mit scharfem Blick an. Seine Nasenlöcher beben, als würde er meine Reaktion spüren. Er schiebt seine Hand zwischen meine Schenkel.

Jeder Muskel in meinem Körper spannt sich an, als er mit einem dicken Finger in mich eindringt. Ich versuche, den Ansturm der Zweiten Sehkraft abzuwehren, der mich trifft. Ausschnitte, tatsächlich nur Fragmente, von weißen Laboren, von der Jagd großer Bestien auf einem dunklen Planeten, Kämpfe, Töten.

Ich sehe es nicht nur. Ich werde durch die Landschaft seiner Erinnerungen dorthin mitgenommen. Sie sind aufregend im Vergleich zu denen meines Mastes Kechlyn, der ein langweiliges, verwöhntes Leben voller Luxus und Grausamkeit führte.

Ich strecke meinen Geist aus, um mich mit seinem zu verbinden und die Visionen zu kontrollieren, die auf mich hereinprasseln. Aber er blockiert mich hartnäckig. „Hör auf", knurrt er.

Wie ein Hauch von Rauch, der in einer Brise verblasst, lasse ich meine Gedankenverbindung verschwinden. Ich versuche, mich zu entspannen, und Visionen kommen und gehen zu lassen, wie sie wollen. Aber da ich sie nicht kontrollieren kann, wirken sie wie einzelne Teile eines Puzzles. Fragmente von Vergangenheit und Zukunft, Freude und Schmerz.

„Beruhige dich", sagt er und ich merke, dass ich mich winde und versuche, mich seiner kühnen Berührung zu entziehen. „Öffne deine Schenkel."

Bevor ich mich fügen kann, packen Ast und Jor jeweils ein Knie und spreizen meine Beine weit auf. Dann starren mich alle Monrok an und schauen zu, wie Banx weiter meine Schamlippen erforscht.

„Das ist hinreißend." Ast rückt seine Erektion zurecht, die in seiner Hose drückt. Mein Gesicht wird ganz heiß.

„Sieht aus wie eine menschliche Muschi", sagt Tawn.

„Aber sie ist blau", betont Ast.

„Das schönste Blau, das ich je gesehen habe."

Ich eröte unter ihrer Aufmerksamkeit.

„Hat sie eine Klitoris?" Tawn fährt wieder mit seinen Fingern über meinen Oberkörper und meine Brüste, als wollte er mich beruhigen.

Banx brummt. „Ich glaube nicht." Er zieht die Augenbrauen nach unten und streicht mit seinem Daumen über die Oberseite meiner Öffnung. Ich habe keine Ahnung, was eine *Klitoris* ist, also sage ich nichts.

„Wechseln wir uns ab oder füllen wir sie alle auf einmal?", fragt Tawn die Gruppe, aber sein heißer Blick ist auf mich gerichtet. „Was möchtest du, kleine *Verani*? Hast du schon einmal so vielen Mastern auf einmal gedient?" Er beugt sich ganz zu meinem Ohr hinunter und flüstert: „Willst du es versuchen?"

Unfähig zu antworten, halte ich den Atem an. In meinem Bauch steigt ein nervöses Flattern auf. Ein Bild, ja eine Vision von ihnen allen, wie sie sich über mir und in mir bewegen, huscht an meinem geistigen Auge vorbei und schnürt mir die Brust zu.

Ich schnappe nach Luft. Dazu bin ich nicht bereit. Sie halten mich für eine erfahrene *veranische* Konkubine, aber in Wahrheit wird dies die meiste männliche Aufmerksamkeit sein, die mir je widerfahren ist. Ich bete, dass sie mich nicht alle auf einmal nehmen. Trotzdem durchflutet bei dem Gedanken neue Feuchtigkeit in meinen inneren Kanal und Hitze steigt in meinem ganzen Körper auf.

„Wir wechseln uns ab", antwortet Jor. „Es ist schon schlimm genug, dass wir eine *Verani* ficken. Ich will nicht auch noch deine Visage anstarren, wenn ich zum ersten Mal ein Weibchen begatte."

Ich versteife mich sowohl wegen der Beleidigung als auch aufgrund dieser Erkenntnis. *Er hat noch nie ein Weibchen begattet?* Mir dreht sich der Magen um.

Tawn gluckst leise. „Hast du Angst, dass du an mich denken musst, wenn du dich das nächste Mal selbst rubbelst?" Er streichelt über meine Wange und hofft wahrscheinlich, die Härte von Jors Worten abzuschwächen.

„Sie ist eng. Sehr", sagt Banx zu den anderen und unterbricht ihr Geplänkel. „Wer auch immer sie zuerst nimmt, muss vorsichtig sein."

Meine mütterliche Öffnung ist unbenutzt, aber ich bin mir nicht sicher, ob ich es ihnen sagen soll. Ich möchte nicht, dass es als Schwäche ausgelegt wird. Ich sollte froh sein, dass Banx überhaupt erwähnt hat, dass sie Vorsicht walten lassen müssen. Monrok, wie Zapex, sind nicht für ihre Geduld oder Gnade bekannt.

Mein Zapex-Master liebte es, der Erste für einen *Gearan* zu sein, und sei es nur, um ihn schreien zu hören. Bei den wenigen Malen, die er mich nahm, projizierte er eine Abfolge dieser Erinnerungen, bis ich sie verdrängen und meinem Verstand entfliehen musste.

Was ist, wenn meine Instinkte falsch und diese Monrok genau wie mein früherer Master sind?

Die Angst vor dem, was kommen wird, dreht mir den Magen um. Aber dann trifft Banx' Finger auf den empfindlichen, nervenreichen Ring meiner Öffnung. Meine Hüfte zuckt.

Er beobachtet mich aufmerksam und tut es noch einmal. Ich kann ein Wimmern nicht unterdrücken. Ich habe mich dort immer nur selbst berührt und seine Finger, die über mich gleiten, sind so viel mehr ...

„Lust oder Schmerz?", fragt er.

Hitze breitet sich in meinem Körper aus und ergreift meinen Unterleib. „Lust."

Dieses Mal schenkt er der Stelle Aufmerksamkeit, bis ich die Augen verdrehe und mich Ast und Jor entgegenstemme, die meine Schenkel offenhalten. Sie rutschen mit ihren Händen höher, streichen über meinen Schamhügel und die Schamlippen, zwischen denen Banx seine Finger vergraben hat.

Die Hitze in meinem Inneren tropft auf eine Art und Weise heraus, wie ich es noch nie erlebt habe. Nicht einmal, wenn ich mich spät in der Nacht in meinem eigenen Quartier selbst berührte.

„So ist es gut", ermutigt Tawn mich. „Lass uns dich kommen sehen."

Mit einem erstickten Keuchen komme ich zum Höhepunkt und drücke die Hüfte von der schwebenden Liege hoch.

Banx reißt seine Finger aus meiner zuckenden Muschi. Ich schreie auf und reiße die Augen auf. Ich sehe Banx mit geschlossenen Augen und bebendem Brustkorb.

„Mach dir keine Sorgen, Kleines", sagt Tawn über mir. „Seine Kybernetik wird ihn unter Kontrolle bringen. Wir werden dich nicht zu lange warten lassen."

„Ich bin der Erste", sagt Ast. Seine Stimme ist ein heiseres Knurren. „Ich habe den dünnsten Schwanz von uns allen."

Die Klinge, die er auf dem Rücken trägt, fällt klappernd zu Boden. Er ist schon dabei, sich zu entkleiden. Nackt ragt sein seltsames Anhängsel stolz aus seiner Leiste und ich verliere das Gefühl in meinen Beinen.

Wenn er der Kleinste ist ... meine Gedanken stocken.

Er hat zwar nicht so viele Noppen wie ein Zapex-Schwanz, aber *dünn* ist nicht gerade eine passende Beschreibung. Er ist ein wenig dunkler als seine Hautfarbe und sehr geschwollen. Er wirkt genauso trotzig wie sein Besitzer. Was ihm seiner Meinung nach an Umfang zu fehlen scheint, macht er mit Länge wieder wett.

Die langen, schlanken Muskeln in seiner Brust und seinen Schultern spannen sich an und entspannen sich, als er sich langsam über meinem Körper erhebt.

Ich warte darauf, dass er in mich eindringt, aber stattdessen lehnt er sich auf seine Fersen zurück, schiebt seine Hände unter meinen Arsch und hebt meine Muschi an seinen Mund. Mit seiner dicken Zunge leckt er über die Mitte meines Schlitzes, bevor er in ihn eindringt. Er umkreist das empfindliche Gewebe direkt an meiner Öffnung, als wollte er mich schmecken. Mich erforschen.

„Fuck", murmelt er. „Ich könnte mein Leben damit verbringen, dich zu schmecken." Dann stürzt er sich hungrig auf mich. Seine Zunge presst gegen mein nervenreiches Band und bewegt sich hin und her.

Mir stockt der Atem. Ich stemme mich gegen den Gurt, der bis knapp unter meine Brust hochgerutscht ist.

Tawn stürzt sich über mich. Er presst seinen üppigen Mund auf meinen und leckt mit der Zunge über meine Lippen. „Öffne dich für mich, Sana. Ich werde dich *küssen.*"

Ich weiß nicht, was das ist, aber ich öffne meinen Mund für ihn. Er gleitet mit der Zunge hinein und reizt meine, als er mit ihr zu tanzen beginnt. Er dringt tiefer in mich ein, so wie Ast es weiter unten tut. Mit einem Stöhnen verliere ich mich in den beiden Monrok-Mündern, die mich verführen.

Hände, so viele Hände, kneten meine Brüste, zwicken meine Knospen, streichen über meinen Körper, halten meine Schenkel weit geöffnet. Nasse Hitze umhüllt meine Brüste. Ich krümme den Rücken, als jemand meine harte Knospe in seinen Mund saugt und leicht mit den Zähnen darüber kratzt. Schockwellen von Empfindungen durchzucken mich, als die Monrok meinen Körper wie ein Festmahl verzehren.

Ast berührt meinen mittleren Ring mit der Zunge und seinen Fingern und mein Innerstes beginnt zu vibrieren. Mein ganzer Körper fängt an zu zittern.

Gerade als ich um mehr betteln will, nach etwas, das nur gerade außerhalb meiner Reichweite liegt, verändert sich etwas in der Luft. Mein Hintern wird hinabgesenkt und eine heiße Beule gegen mich gestoßen. Sie wird über den ersten Ring hinaus und in meinen zweiten geschoben. Ich wehre mich gegen die Dehnung der Invasion, aber die Monrok halten mich fest und ziehen meine Knie noch weiter auseinander.

„Ruhig", flüstert Tawn. „Entspanne dich einfach." Er hat sich zum Kopfende der Liege bewegt und hält meine Hände an beiden Seiten fest, während er sich über mich beugt und träge an meinen Lippen saugt. Er wandert mit dem Mund über meine Halsbeuge. „Wir werden dir nicht wehtun ... es sei denn, du willst es." In seiner Stimme liegt ein Lächeln, aber auch ein dunkles Versprechen. Vielleicht auch ein Funken Hoffnung.

Meine einzige Hoffnung ist es, die Inbesitznahme durch vier Monrok unbeschadet zu überstehen.

Ich schaue nach unten und stelle fest, dass Asts hartes Glied nur zur Hälfte in mir steckt. Ein grimmiger Gesichtsausdruck spielt über sein Gesicht. Er geht langsam vor, um mich nicht zu verletzen, und ich versuche, mich für ihn zu entspannen. Das tue ich wirklich. Ich bin innerlich für Zapex-Schwänze gebaut, die Noppen haben und jede Kammer meines Geschlechts ausfüllen, die durch Ringe unterteilt werden. Sein blasser Schwanz ist seltsam glatt. Seine Eichel wird durch all die engen Bänder gedrückt, die meine Scheide auskleiden, bevor der Rest von ihm hineingleitet und mich dehnt.

„Fuck", flucht Ast zwischen zusammengebissenen Zähnen. „Ihre Muschi vibriert. Sie hat innere Bänder." Er kneift die Augen zusammen. „Sie ist so eng." Er stößt mit der Hüfte nach vorn, versenkt sich komplett in mir und ich schreie auf.

Tawn lässt mich los, als Ast über mich fällt, und endlich kann ich in berühren. Ich fahre mit meinen Händen über seinen wohlgeformten Rücken und kratze ihn leicht mit meinen Fingernägeln.

„Oh, fuck" Ast flucht. „Mach das noch mal." Ich wiederhole es und genieße, wie sich seine Muskeln anspannen, als ich mit den Fingern über seinen Rücken fahre. Seine Schwanzspitze streift meine Ringe erneut, als er sich fast komplett aus meinem Körper entzieht und dann wieder hineinstößt.

Meine Schenkel zittern bei diesem Gefühl. Er steigert

sein Tempo, bis ich mich verliere. Meine Ringe summen wie nie zuvor.

„Du bist so weich und feucht und perfekt." Er schlingt seinen Arm um meine Taille und hält mich für seine wahnsinnigen Stöße in mich fest. „Ich werde deine *veranische* Muschi füllen. Ich werde sie füllen, bis du platzt."

In meinem Kopf dreht sich alles. Ich will, dass er genau das tut. „Ja", schreie ich, bevor ich merke, dass mir das Wort laut über die Lippen kommt.

„Willst du das, meine kleine Sana? Willst du, dass ich dich mit meiner Essenz markiere, bis du nur so triefst?"

Meine Scheide zuckt und meine Ringe massieren ihn.

„Fuck", knurrt er an meinem Hals. Er greift nach einer meiner Brüste, während er weiter in mich stößt.

Meine Gedanken überschlagen sich.

Ein widerhallender Fluch kommt von einem der anderen Männer. Ich weiß nicht, von welchem.

Ich bin mir halb bewusst, dass ein Sensor ausgelöst wird. Banx verlässt seinen Platz neben mir. Ich weiß nicht, wo Tawn und Jor sind. Ich nehme nichts anderes wahr als Ast, der sich in mir bewegt. Über mir. Meine Beine werden hochgehoben und um seine Hüften geschlungen. Ich klammere mich an ihn, während ich immer höher auf einen Gipfel steige, von dem ich Angst habe zu fallen.

Sein Schwanz wächst in mir. Er drückt gegen die mittleren Bänder meiner Ringe. Ich grabe meine Fingernägel in seine Schultern.

„Es ist zu viel", schreie ich. Der Druck ist zu stark.

„Nicht genug, meine *Verani*. Gleich." Er vergräbt sein Gesicht an meinem Nacken. Sein Stöhnen klingt genauso verzweifelt und gequält wie das meine. Meine Beine zittern, als sich mein Körper fest zusammenzieht.

Die Schwellung seines Schwanzes füllt die mittlere

Kammer zwischen meinen beiden mittleren Ringen und fixiert ihn an Ort und Stelle. Meine Scheide zieht sich zusammen und sein Schwanz zuckt so stark, dass ich über dem Abgrund explodiere und in eine Million kleine Teile zerspringe, die nur von funkelnden Lichtstrahlen zusammengehalten werden.

Ast brüllt, als heiße Ströme seiner Essenz mich zum Zerbersten füllen.

Das ist es, was ich verpasst habe. Das ist es, wovon die Priesterinnen schwärmten und versprachen, wofür wir *Verani* geschaffen sind.

Das hier.

Als ich wieder atmen kann, ist Asts Gesicht immer noch an meiner Halsbeuge vergraben und ich kann all die roten Stellen sehen, an denen ich ihn mit meinen Fingernägeln und Zähnen gekratzt habe. Ich weiß, dass die Monrok nicht wie mein Master sind, aber ich bin trotzdem besorgt.

„Es tut mir leid", versuche ich, ihm zu sagen, und streiche mit den Fingern über die Spuren, als würden sie dadurch verschwinden.

Ast zieht sich zurück. Sein dicker Schwanz steckt noch immer in mir und seine blauen Augen sind von einer Zärtlichkeit erfüllt, die ich dem eiskalten Krieger nicht zugetraut hätte.

Und dann sehe ich es. Eine Vision seines Schicksals, die so kristallklar ist, dass sie mir die Luft aus der Lunge verschlägt. Sie ist so lebhaft und detailliert. Mehr als jede Vision, die ich je zuvor hatte. Mein Herz schwillt vor ungewohnten Gefühlen an, so real erscheint es mir.

Und das obwohl ... es nicht die Wahrheit sein kann.

Kapitel Drei

Unglaublich.

Phänomenal.

Ich dachte immer, ich würde gern im Nahkampf mit einem Ko'sar sterben, aber in Sanas Muschi werde ich leben und als glücklicher Mann sterben. Ich könnte eine Ode an ihre Muschi schreiben. Ich glaube, das ist ein menschlicher Brauch.

Ihre Scheide hat endlich aufgehört zu vibrieren, aber mein Knoten ist immer noch in ihr geschwollen. Sie bewegt sich unter mir und ein weiterer Strom von Essenz wird meinem Sack abgerungen.

Ka du, ich könnte jetzt sterben.

Ihre geschmeidige Gestalt versteift sich. Sie streicht mit den Händen über meinen Rücken und meine Schultern. Ich ziehe mich zurück, als sie sich entschuldigt. Ihr Blick wirkt verzweifelt.

Dann hört sie einfach auf.

Hört auf, zu atmen.

Hört auf, sich zu bewegen.

Es ist ein seltsam statischer Moment, als ob sie durch mich hindurchsehen würde. Als ob ich gar nicht da wäre. Es gefällt mir nicht. Ich will sie hier bei mir haben.

„Was tut dir leid, meine liebe Sana?"

Sie wendet sich wieder mir zu. Ihr Blick ist nun aufrichtig auf mein Gesicht gerichtet. Ich erkenne den Moment, als sie meine Frage verarbeitet hat, dann schaut sie nervös weg.

„Die Kratzer und so ... Master." Ihre Stimme ist kaum mehr als ein verlegenes Flüstern. Sie stößt einen Hauch von Verzweiflung aus.

„Glaubst du, dass ich dich dafür bestrafen werde, Sana?", frage ich mit aufrichtiger Neugierde und streichle ihr Kinn. Ihr Duft ist exotisch und enthält nun auch Spuren meiner Essenz. Ich würde sie markieren, bis sie nach mir stinkt, wenn ich könnte.

Sie sieht mich immer noch nicht an, als sie nickt. „Ich habe noch nie ... Niemand hat je meine Fortpflanzungsöffnung benutzt", erklärt sie. „Ich wusste nicht, dass es so ... so ..." Sie schluckt. „Es tut mir leid, Master."

Es fühlt sich befremdlich an, Master genannt zu werden, genau wie das unbekannte Gefühl, das in meiner Brust anschwillt. Mir ist kurzzeitig schwindelig und meine Kybernetik arbeitet daran, meine verschwommene Sicht zu klären. Ich war der Erste, der ihre jungfräuliche Muschi fickte. Meine Essenz war die erste, die sie jemals füllte und sie mit meinem Duft markierte.

„Ich genieße die Kratzer und so", sage ich zu ihr. „Und ich möchte, dass du mich beim Namen nennst. Ich möchte, dass du stöhnst und schreist, wenn ich das nächste Mal in dir bin und dich so hart stoße, dass du mich kratzen musst."

Mit schockiertem Blick begegnet sie meinem und sieht mir in die Augen.

„Ist das klar?", frage ich.

Sie öffnet die Lippen leicht, als sie nickt.

„Wenn du sie zu Ende gefickt hast ... wir werden angegriffen." Jor unterbricht den angenehmen Moment, den ich mit Sana teile, wie ein riesiger *Ramdian*, der ein Jagdrudel angreift.

Mein Rücken versteift sich. Ich werfe einen Blick über meine Schulter und sehe den *Hadhr*-Ficker am Fußende stehen. Er hat die Arme vor der Brust verschränkt. „Mein Knoten beginnt gerade erst, sich zu lösen, du *Aheh*."

„Ich dachte nur, es würde dich interessieren."

Meine Haut brennt und kribbelt, als ich den Wahrheitsgehalt seiner Aussage am Rütteln und Schütteln des Schiffes wahrnehme. Ich habe noch nie so sehr meine Sinne verloren. Das Ficken ist ein gefährlicher Sport.

Ich versuche, mich zu lösen, und Sana schreit auf. Mein Knoten ist zwischen ihren engen Ringen eingeklemmt.

Verdammt!

Für ein Schiff dieser Größe sind wir ohnehin eine zu kleine Mannschaft. Unser großes Schiff ist den meisten überlegen, aber es muss von uns allen bemannt werden, damit keine toten Winkel gefährdet sind.

„Sind die Schilde oben?"

„Aye", antworte Jor. „Im Moment halten sie noch. Aber wir werden schwer getroffen. Sie müssen sich zurückziehen, damit wir springen können."

Das heißt, wir brauchen Feuerkraft von allen Seiten.

Da ich keine andere Möglichkeit sehe, hebe ich Sana aufgespießt auf meinem Schwanz mit mir von der schwebenden Liege. Sie quietscht auf. Ihre inneren Muskeln spannen sich an und massieren mich. Ich stöhne auf, als mehr Essenz meinen Körper verlässt und meine Sicht kurzzeitig verschwimmt.

„Du musst versuchen, das nicht zu machen", knurre ich.

„Tut mir leid", sagt sie, aber ihre Scheide flattert auf mir, als würde sie darum kämpfen, sich zu entspannen.

Ka du, das könnte noch schlimmer sein.

Sie schlingt ihre Beine um meine Taille und klammert sich an mich, während ich mit ihr zu den seitlichen Schalttafeln gehe und mich dorthin setze.

Banx wirft einen Blick zu uns hinüber und zieht eine abschätzige Augenbraue hoch.

Tawn gluckst. „Hast du Schwierigkeiten?"

„Das Gleiche könnte ich euch drei auch fragen, die ihr nicht in der Lage seid, gegen ein paar Jäger und ein Kriegsschiff zu kämpfen. Wir sollten längst zum Sprung bereit sein." Ich würde gern sehen, wie einer dieser *Ahehs* versucht, sich zu lockern und zu kämpfen, wenn sich ihre Schwänze zum ersten Mal verknotet haben.

Die drei scheinen von dem Argument unbeeindruckt zu sein. Mit mir an der Schalttafel werden wir zu dem Team, das wir immer sind, und können mit einzelnen Worten und Gesten ganze Gedanken mitteilen.

Sanas Haar wogt in Wellen und ich schiebe es aus meinem Blickfeld. Die Haare beruhigen sich, als die kleine *Verani* sich an mich schmiegt und ihr Gesicht an meine Brust drückt. Ich konzentriere mich auf die Bildschirme und das Ziel vor mir und versuche, meine klebrigen Schenkel und den warmen, weichen Körper, der dies verursacht hat und in dem ich stecke, zu ignorieren.

Hinter uns befindet sich ein Kriegsschiff, das größer ist als wir und eine Anzahl kleinerer Jäger aussendet, die uns umkreisen und beschießen. Ihre Schüsse prallen leicht an unserem Schild ab, aber es sind die Explosionen, die vom Hauptschiff kommen, die unser Schiff erschüttern.

Ich habe die Jäger im Visier und schalte sie einen nach dem anderen aus.

„Die Luft ist fast rein", ruft Jor. „Konzentriert euch alle auf ihre Hauptkanone und wir springen in sechs, fünf, vier, drei, zwei ..."

Wir schießen mit geballter Kraft auf ihre Hauptwaffe, und zwar zur gleichen Zeit wie sie. Meine Haut kribbelt und meine Kybernetik prickelt durch die Auswirkungen des Phasenwechsels, gerade als die Explosionen in der Mitte des Stroms in einer großartigen Lichtexplosion aufeinanderprallen, bevor das Vakuum des Weltraums sie verschluckt.

Mit einem Knall befinden wir uns in einem neuen Gebiet des Weltraums und blicken auf einen kleinen Planeten, der in einen bunten Dunst gehüllt ist. Meine Kybernetik arbeitet daran, meinen Magen zu beruhigen, während wir noch zweimal durch den Raum springen. Sanas Griff wird mit jedem Phasenwechsel fester.

„Wir sind etwa einen Zyklus von Kadeema entfernt", sagt Banx und überprüft die Monitore und den internen Informationsfluss unseres Schiffes.

„Das war es also? Wir fliegen zurück nach Kadeema?", fragt Jor und der Muskel an seinem Kiefer zuckt. Es ist selten, dass Monrok körperliche Anzeichen zeigen, aber Jor war noch nie jemand, der seine Verärgerung verbergen konnte.

Er trägt sie gern für alle sichtbar zur Schau.

Banx wirft Sana einen spitzen Blick zu. „Wahrscheinlich ist es besser so."

Überraschenderweise scheint Sana genauso verärgert über die Wahl unseres Ziels zu sein wie Jor.

Tawn zuckt mit den Schultern, als wäre es ihm völlig egal. Ich habe kein Problem damit, nach Kadeema zurückzukehren, aber ich hatte auch kein Problem damit, überhaupt erst dort zu bleiben.

„Was ist, wenn sie unser Schiff verfolgen?", argumentiert Jor. „Wir würden sie direkt nach Kadeema führen."

„Kadeema ist jetzt ein von Monrok beanspruchtes Gebiet", weise ich ihn hin. „Die Zapex würden es nicht wagen, einen Kampf auf einem Planeten voller Monrok anzuzetteln."

„Würden sie das nicht?", schießt Jor zurück. „Kannst du jetzt die Gedanken der Zapex lesen?"

Ich balle die Hände zu Fäusten, aber meine Kybernetik gleicht die Adrenalinschübe meiner Wut wieder aus. Vielleicht ist es arrogant, zu glauben, dass die Zapex vernünftig genug wären, keinen Krieg gegen die Monrok anzuzetteln, aber manchmal ist Jor auch einfach nur streitlustig, um widersprüchlich zu sein.

„Was schlägst du vor, Jor?", fragt Banx.

„Pacbar." Pacbar ist der Hauptstadtplanet der Jun'pn-Galaxie und ein neutrales Gebiet. „Sie hat selbst gesagt, dass sie dorthin will. Und jetzt, da wir frei sind, könnten wir vier theoretisch dort Zuflucht suchen."

„Aber könnte Sana es?" Wir alle wissen sehr gut, dass wir zwar freie Wesen und ein wertvolles Gut für den Einheitsrat sind, *Verani* jedoch nicht.

Ich kneife die Augen misstrauisch zusammen. So gern ich mich auch mit Jor streite, letztendlich lasse ich ihm immer seinen Willen. Das ist schon seit Jahrzehnten so.

Jor ist nur ein paar Solare jünger als wir, aber wir fanden ihn im Dschungel von Mehcad, wo er von verwilderten Monrok angegriffen und den *Fenipu* zum Fraß überlassen worden war. Als er wieder zu Kräften gekommen war, jagte er die beiden Monrok, die ihn zum *Fenipu*-Köder gemacht hatten. Aber dann nahmen die Zapex Jor drei Solare lang in Gewahrsam, weil er seine Kameraden getötet hatte.

Für Solare danach wollte Jor nur kämpfen und wir waren immer für ihn da.

Wir haben es ihm immer durchgehen lassen, ein mürrischer *Aheh* zu sein, aber dieses Mal ist es anders. Ich werde nicht zulassen, dass er riskiert, dass Sana uns weggenommen wird, nur weil er sauer ist, dass sie eine Zapex ist.

Mein Knoten hat sich endlich gelöst. Ich stehe auf, hebe Sana von mir und setze sie auf Banx' Schoß. Dann wende ich mich Jor zu. „Welches Spiel spielst du eigentlich?"

Jor weicht nicht zurück, sondern tritt vor, sodass wir auf Augenhöhe sind. „Ihr seid die, die spielen. Ich bin der Einzige von uns, der vernünftig ist. Wir könnten alle unsere Kameraden in die Scheiße reiten oder wir könnten nach Pacbar gehen. Auf dem Weg dorthin können wir uns an ihr sättigen und dann ...", er zuckt mit den Schultern, „komme, was wolle."

Ich stoße ihn und er stößt mich zurück.

„Du bist vielleicht bereit, sie zu verlieren, aber ich bin es nicht."

„Du weißt doch gar nicht, ob sie sie konfiszieren werden", argumentiert er.

„Wir wissen auch nicht, dass sie es nicht tun werden", sagt Tawn und klingt genauso empört wie ich.

Ich sehe eine Welle ihres schwarzen Haars, bevor mir bewusst wird, dass Sana zwischen uns getreten ist. Sie legt jedem von uns eine Hand auf die Brust, als ob diese Handlung allein den Kampf, der in uns aufsteigt, besänftigen könnte.

„Jor hat recht. Wir sollten nach Pacbar gehen", sagt sie ruhig, als ob ihre Worte nicht lächerlich wären.

Ich schaue über ihren Kopf hinweg und sehe, wie Jor triumphierend die Arme vor der Brust verschränkt. Bevor meine Kybernetik mich beruhigen kann, schlage ich meine Faust in sein selbstgefälliges Gesicht.

Sofort setzt Jor zum Gegenschlag an, doch Sana hält ihn irgendwie mit einer unsichtbaren Kraft auf. Sie steht mit dem Rücken zu mir, hat die Hände vor sich ausgestreckt und die Luft zwischen ihr und Jor flimmert.

„Kein Streit", sagt sie. „Nicht wegen mir."

Sie lässt ihre Hände sinken und das Kraftfeld löst sich auf, aber keiner von uns bewegt sich. Wir starren sie nur an. Sie hat sich nicht nur zwischen zwei riesigen Monrok behauptet, die kurz davorstanden, sich zu prügeln, sie hat Jor aufgehalten.

„Du machst es einem schwer, dich in der Nähe behalten zu wollen, *Verani*", murmelt Jor zwischen zusammengebissenen Zähnen.

SANA

Die Blicke aller vier Monrok sind auf mich gerichtet. Aber ich habe sie instinktiv davon abgehalten, zu kämpfen. Ich weiß nicht einmal genau, wie ich es getan habe. Ich zwinge mich, standhaft zu bleiben, anstatt zurückzuschrecken, aber es fällt mir schwer, nachdem ich das letzte Jahrzehnt damit verbracht habe, nicht von meinem alten Master oder seiner ehrenwerten Gefährtin bemerkt zu werden.

Vielleicht hätte ich zulassen sollen, dass die beiden

Monrok sich gegenseitig verprügeln. Meine Tat hat mich bei Jor sicher nicht beliebt gemacht.

Ich bin mir nicht sicher, warum Jor mich loswerden will, aber ich versuche, das Gefühl abzuschütteln und mich daran zu erinnern, dass es das Beste so ist. Pacbar zu erreichen, scheint jetzt wichtiger denn je. Ich fürchte, was die Monrok den Zapex antun würden, wenn sie die Wahrheit erfahren, bevor ich mit dem Galaktischen Einheitsrat sprechen kann.

„Ich werde nicht zulassen, dass ihr oder eure Kameraden einen Krieg mit den Zapex führen." Zumindest nicht wegen mir.

Ich kann ein reines Gewissen haben, wenn die Monrok die Jun'pn-Galaxie vor den Zapex beschützen müssen. Aber wenn die Monrok unseren Planeten voller Unschuldiger angreifen oder wenn die Zapex den neuen Planeten der Monrok zerstören, und das nur wegen mir ... weil ich Jar'jn entkommen und leben wollte. Weil ich mehr vom Leben wollte, als nur Kechlyns ausrangierte Konkubine zu sein ...

Das würde ich mir nie verzeihen.

„Jor hat keine Ahnung, wovon er spricht, Sana", sagt Ast. „Kadeema ist der beste Ort für uns. Die Zapex werden uns nicht folgen und was am wichtigsten ist, du wirst in Sicherheit sein."

Mein Herz zieht sich zusammen und unerwartete Emotionen schnüren mir die Kehle zu. Seine Sorge ist aufrichtig. Als ich noch ein Kind war, erzählten mir die Priesterinnen Geschichten von den wilden Monrok-Bestien, die unseren Planeten aus der Ferne bewachen ...

Die Realität sieht ganz anders aus. Sie sind wild, ja, aber sie sind zu so viel mehr fähig. Sie haben mir bereits mehr Rücksicht und Güte entgegengebracht, als es mein

Zapex-Master jemals getan hat. Ich werde mich nicht revanchieren, indem ich die Zapex gegen ihre Brüder aufbringe.

„Die Zapex reiben sich bereits an der Rebellion der Monrok auf", warne ich. „Ich würde nicht darauf vertrauen, dass sie eure Kameraden einfach so in Frieden leben lassen. Wie ihr wisst, sind die Anführer meiner Welt langlebig und boshaft."

Ein Jahrzehnt ist für einen Zapex so lang wie ein Solar für ein Wesen mit normaler Lebensspanne. Zapex haben gelernt, den Alterungsprozess aufzuhalten, und können über tausend Solare alt werden.

„Ich glaube nicht, dass es klug wäre, mich nach Kadeema zu bringen. Nicht jetzt."

„Wissen denn alle auf Jar'jn, dass wir frei sind?", fragt Tawn.

„Ich bin nicht sicher, ob es schon allgemein bekannt ist, aber die Neuigkeit verbreitet sich." Ich wusste es nur, weil mein Master im Rat des Königs saß. So erfuhr ich auch von ihren Plänen für die ahnungslose Bevölkerung der Galaxie. „Prinz Keel soll seine Krieger versammeln", erzähle ich ihnen. „Aber seine größte Sorge scheint der Schutz von Jar'jn zu sein."

„Keel hat die Existenz der Monrok nie gutgeheißen", sagt Banx.

Und da die Monrok Prinz Keels älteren Bruder, Prinz Kaihan, getötet haben, warten alle Zapex darauf, was Keel tun wird. Als geborener Krieger hat er die Erschaffung der Monrok durch seinen Vater und seinen Bruder immer lautstark missbilligt. Vielleicht freut er sich über die Gelegenheit, die kybernetisch veränderte Spezies auszulöschen. König Thaain hat schon seit Jahrhunderten nicht mehr aktiv regiert, und jetzt ist er angeblich tot, also liegt es an Prinz Keel, die Entscheidung zu treffen.

Jor wendet sich selbstzufrieden an die anderen. „Deshalb müssen wir nach Pacbar. Unsere Kameraden brauchen Zeit, um sich auf das vorzubereiten, was kommen mag. Es gibt keinen Grund, die Dinge zu überstürzen. Der Pakt mit dem Galaktischen Einheitsrat schützt uns vor Übergriffen. Im Moment können wir auf jedem Planeten tauschen und Handel treiben. Aber wenn wir einen Krieg mit den Zapex anzetteln, kann sich das alles ändern. Wenn sich der Einheitsrat gegen uns wendet und auf die Seite der Zapex stellt, werden wir vom Versorgungshandel und der freien Raumfahrt abgeschnitten."

Ich muss mir die Zusicherung verkneifen, dass der Einheitsrat sehr wohl auf der Seite der Monrok stehen wird, nachdem ich ihnen von den Zapex-Plänen berichtet habe. Das Blutbad, das bereits angerichtet wurde, um mich zu schützen, ist schon zu groß. Ich könnte niemals damit leben, wenn meinetwegen ein echter Krieg zwischen den Monrok und Zapex ausbrechen würde. Nicht, wenn ein Krieg genau das ist, was ich in erster Linie zu verhindern versuche.

„Dann ist es abgemacht", sage ich und atme tief durch. „Wir fliegen nach Pacbar."

„Ich glaube, du verstehst die Pakt-Gesetze nicht", wirft Tawn ein. „Auf Pacbar können wir dich vielleicht nicht beschützen. Auf Kadeema können wir es, Krieg hin oder her."

Die Sorge um das, was kommen wird, lastet schwer auf mir. Es wäre so einfach, mich von diesen Kriegern auf ihren Planeten bringen zu lassen. Nachzugeben und sie für mich eintreten, für mich sprechen und für mich kämpfen zu lassen. Ich würde mich vor dem Einheitsrat nicht gegen mein Volk aussprechen und Unwissenheit beteuern, wenn der Zeitpunkt des Angriffs kommt.

Aber ich wäre nichts weiter als ein Feigling und ich habe in dem Moment aufgehört, feige zu leben, als ich in diese Kiste gesperrt wurde. Ich muss stark sein, denn egal, wie es ausgeht, ich kann mich nicht hinter den Monrok verstecken.

„Ich kenne die Gesetze Pacbars nicht", gestehe ich. „Ich weiß nicht einmal, ob der Galaktische Einheitsrat mich überhaupt anhören wird." Ich bete zu den Ahnen des Universums, dass sie es tun. „Aber ich weiß, dass es unsere beste Option ist, auf Pacbar Zuflucht zu suchen."

Ast streichelt meine Wange. „Sana", sagt er wie ein Flehen.

Wenn ich in sein Gesicht blicke, kann ich mich nur allzu leicht an die Vision erinnern, die ich von seinem Schicksal hatte. Ein Lächeln huscht über meine Lippen. „Ein schönes Leben ist für dich vorbestimmt." Eines, das ich ihm hoffentlich nicht rauben werde, indem ich nach Pacbar gehe.

Ast zieht die Stirn in Falten. „Du hast mein Schicksal gesehen?" Er beäugt mich misstrauisch, als ob ich ihn irgendwie verraten hätte.

Mein Haar schwebt hoch und schnappt wie eine Peitsche aus. „Das ist ein Risiko, das du eingehst, wenn du an meinen Körperöffnungen herumspielst." Die Visionen, die mich überkommen, sind eine Gabe und nichts, das ich immer kontrollieren kann.

Jor murmelt etwas von einer prophetischen Muschi und ich widerstehe dem Drang, ihn anzuknurren.

„Ist es wirklich dein Wunsch, den Einheitsrat aufzusuchen?", fragt Banx. Seine dicken Arme sind über der Brust verschränkt, die Beine weit gespreizt. Er sieht imposant aus, aber ich bezweifle, dass der große Monrok etwas anderes als Furcht einflößend aussehen kann.

„Ja, das ist mein Wunsch."

„Und worum willst du sie bitten? Um ihren Schutz? Deine Freiheit?"

„Ja." Sogar *Verani* haben Rechte und ich bin stark genug, um meine einzufordern. Ich musste geschlagen, aus meinem Haus geworfen und für tot gehalten werden, um dann auf einem anderen Planeten an Monrok verkauft zu werden, um mir meine Stärke zu beweisen, aber sie war die ganze Zeit da.

„Sogar vor uns?", fragt er skeptisch.

Mein Atem stockt. Meine neuen Monrok-Master haben noch keine Rolle gespielt, als ich meinen Kurs festlegte. Aber jetzt ... will ich mich von ihnen befreien? Ein verwirrendes Durcheinander von Gefühlen wirbelt durch mich. „Wenn ihr mich bis dahin los sein wollt."

„Was wünscht du dir?"

Was ich mir wünsche?

Diese Frage ist mir noch nie gestellt worden. Ich spiele alle möglichen Antworten durch, um nicht zu viel zu verraten.

„Ich wünsche mir, dass wir alle in Frieden freigesprochen werden." Ich weiß, dass das nicht die Antwort ist, die er sich wünscht, aber es ist die einzige, die ich Moment gewillt bin zu geben.

„Die Zapex haben kein Recht, euch zu verfolgen", sage ich zu ihnen. „Ihr seid unschuldig. Aber wenn wir uns weiter verstecken, werden wir schuldig aussehen." Diese Monrok sind ehrenhaft. Das werde ich ihnen nicht nehmen. „Ich will vor den Einheitsrat treten und ihnen meine Geschichte erzählen."

Und sie wissen lassen, dass sie etwas unternehmen müssen, um sich vor meinem Volk zu schützen.

„Und wenn sie dir nicht glauben? Oder es sie einfach nicht interessiert?", fragt Jor, wie immer der misstrauische Zyniker, selbst wenn wir auf derselben Seite stehen.

„Dann konntet ihr euch auf dem Weg dorthin wenigstens an mir sättigen", sage ich und schleudere ihm seine eigenen Worte zurück ins Gesicht. Denn was soll man sonst sagen, wenn man vielleicht direkt in den Tod spaziert?

JOR

Banx hat unsere Koordinaten neu eingestellt, aber ich freue mich nicht über meinen Sieg. Es nervt mich, dass die *Verani* meine einzige Verbündete ist. Ihr Kampfgeist ist beeindruckend. Verführerisch. Genauso verlockend wie ihre Stimme und ihr üppiger Körper. Die kleine Zapex macht meinen Lebensbringer härter als *saluvischen* Quarz. Das reibt mich noch mehr auf. Sie ruft eine Verbundenheit in mir vor, die sich erhebt und sie beschützen will. Sie *ehren* will, eine verdammte *Verani*.

Die doppelzüngige kleine Schlampe verbirgt etwas. Ich werde ihre Bitte, nach Pacbar zu gehen, als wir Ak'ba verließen, nicht vergessen. Sie weiß etwas, das sie uns nicht verrät. Die Tatsache, dass sie Tawn, Banx und Ast geschickt ausmanövriert hat, um ihren Willen zu bekommen, sollte mich nicht dazu bringen, sie noch mehr ficken zu wollen, aber das tut sie, verdammt noch mal.

Weshalb ich mich nur noch mehr vor mir selbst ekle.

Es bringt mich fast dazu, Banx zu sagen, dass er umkehren und nach Kadeema fliegen soll. Scheiß auf unsere Kameraden und die wenigen unschuldigen Frauen, die sie auf dem Planeten angesiedelt haben.

Ich kann immer noch nicht glauben, dass Banx, Tawn und Ast sich bei allen Weibchen im Universum ausgerechnet in eine *Verani* verliebt haben. Sie mag das köstlichste Stück Fleisch sein, nach dem sich mein Schwanz je gesehnt hat, aber sie ist immer noch eine Zapex. Wie konnten meine Brüder das vergessen?

Ast starrt das Weibchen bereits jetzt töricht an, als wäre sie das Einzige, was im Universum existiert. Tawn und Banx haben sie beide an sich gezogen, ihr Gesicht gestreichelt und sie geküsst, als ob sie so zerbrechlich wäre, dass sie in eine Million Stücke zerspringen könnte.

Sie ist nicht zerbrechlich. Sie ist eine verdammte Zapex. *Verani* oder nicht, das ist es, was sie in ihrem Innersten ist.

„Darf ich mich hinlegen? Mich vielleicht waschen?", fragt sie mit dieser verführerischen Stimme, die wie eine laue Sommernacht klingt. „Ich bin noch nie gesprungen und ich fühle mich nicht gut."

„Ich zeige dir alles", höre ich mich sagen, wobei dieser törichte Instinkt in mir aufsteigt, mich um sie kümmern zu wollen.

Sie sieht mich mit überraschtem Blick an, als ich ihren Arm mit mehr Kraft als nötig packe.

„Ich werde mit dir gehen", sagt Ast und schaut mich verächtlich an.

Ich erwidere den Blick. „Hast du Angst, dass ich mich verlaufe?"

„Ich brauche auch ein *Bak*", sagt er und deutet auf seine beschmierte Leiste.

Sanas Gesicht färbt sich zu einem so tiefen Blauton, dass sie fast Lila erscheint. Ich frage mich, ob sich ihre Blutgefäße wie bei einem Menschen bei Gefühlsausbrüchen

wie Verlegenheit erweitern. Ich bin unlogischerweise verärgert, dass Ast ihr Unbehagen bereitet hat. Sosehr, dass
meine Kybernetik hart arbeiten muss, um mich zu
beruhigen.

Tawn und Banx tauschen einen herablassenden Blick
aus, den ich nur zu gut kenne. Sie entscheiden, ob sie
eingreifen sollen oder nicht. Ich bin überrascht, dass sie
nicht versuchen, etwas Zeit mit Sana für sich zu beanspruchen.

„Tawn und ich werden die erste Schicht übernehmen“,
sagt Banx.

Tawn reißt die Augenbrauen hoch. „Werden wir das?“

„Das werden wir“, bekräftigt Banx mit Nachdruck.
„Ast kann deinen Platz einnehmen, wenn er im *Bak* fertig
ist.“ Sein Blick wandert langsam vom feuchten Ansatz von
Sanas Schenkeln zu den üppigen Rundungen ihrer Brüste.
Der arme *Aheh* greift nach unten und richtet seine Erek-
tion, die sich in seiner Hose abzeichnet. „Mach dir keine
Sorgen. Wir werden alle unsere Zeit mit ihr bekommen.“

Jetzt ist Ast an der Reihe, Banx finster anzufunkeln,
aber er weiß, dass er nichts sagen darf. Es ist nur fair und
richtig.

Ich ziehe Sana zu mir heran, bis sich die Wärme ihres
runden Arsches an meinen harten Schwanz drückt. „Wie es
scheint, bin ich an der Reihe mit dir, *Verani*.“ Ihre weit
aufgerissenen schwarzen Augen sind misstrauisch, als sie zu
mir aufschaut.

„Komm mit.“

Ich sehe, wie Banx Sana zunickt, als wolle er ihr versichern, dass es sicher ist, mit mir zu gehen. Sie entspannt
sich sichtlich und ich möchte ihn schlagen. Ich brauche ihn
nicht als Vermittler zwischen mir und unserem widerstre-
benden Weibchen.

Sana hebt ihr Kinn, als wir den Kontrollraum verlassen. Sie geht neben mir den Gang entlang und drückt die Schultern trotzig durch. Sie tut so, als würde ich sie in den Tod führen, anstatt in eine Reinigungskabine und zu einer üppigen Schlafplattform. Ja, ich werde sie ficken, aber wir alle wissen, dass sie einen Schwanz gut aushalten kann. Hätte sie Asts Schwanz mit noch mehr Enthusiasmus genommen, hätte ich meine Hose wechseln müssen.

Ich packe meine gequälte Erektion und drücke sie mitfühlend. Schon bald wird es Erleichterung geben.

Die Schlafquartiere befinden sich auf derselben Etage wie der Kontrollraum, sodass es nur eine Frage der Navigation durch die Korridore ist, bis wir meine Kammer erreichen. Auf diesem Schiff haben wir alle getrennte Zimmer. Ich bin nicht daran gewöhnt und auch nicht an die Opulenz, die mir verschwenderisch unpraktisch erscheint, aber es ist ein von Zapex gebautes Schiff. Ein Schiff, das wir mit *saluvischem* Quarz gekauft haben, den wir aus einer Zapex-Miene gestohlen haben.

Ein Lächeln umspielt meine Lippen. Wir haben mit diesem Quarz eine Menge Geld verdient.

Trotzdem erschien es mir falsch, ein Zapex-Schiff zu kaufen, aber es gibt keine Schiffe mit höherer Technologie oder Qualität.

Es wird eine Zeit kommen, in der Monrok-Technologie die begehrteste sein wird. Für den Moment haben wir uns darauf geeinigt, nur ein paar Dinge zu optimieren. Wir verbesserten die Phasendynamik und die Beschleunigung. Wir mussten auch sicherstellen, dass es keine Peilsender gibt und dass das Schiff nur auf Befehle von uns Vieren gehorcht.

Als wir in meinem Quartier ankommen, drücke ich auf das Tastenfeld, damit sich die Konsole öffnet. Ast erscheint an Sanas anderer Seite und macht Anstalten, ihr in die Kammer zu folgen. Ich halte ihn mit einem Arm vor dem Eingang zurück.

„Deine Anwesenheit ist hier nicht erforderlich", sage ich zu ihm.

„Ich bin nicht hier, um Ärger zu machen." Seine Haltung ist lässig. Seine Stimme fürsorglich. „Ich will unserer Gefährtin nur beim Waschen helfen."

Die Tatsache, dass er sie als unsere *Gefährtin* bezeichnet, verheißt nichts Gutes. Sie ist eine *Verani*. Wir haben sie auf einem offenen Markt gekauft. Sie ist *bestenfalls* ein Fickspielzeug. Ein Betthäschen.

Wieso bin ich der Einzige, der das versteht?

„Wenn ihr jemand beim Waschen hilft, dann bin ich es. Es gibt noch andere *Baks* auf diesem Schiff. Finde eins."

Er lässt seinen heißen Blick über Sanas üppige Gestalt wandern, wodurch sich ihre Farbe noch dunkler färbt. „Warum Ressourcen verschwenden?"

„Das war doch noch nie ein Problem", stoße ich hervor und bin bereit, ihm in sein selbstgefälliges Gesicht zu schlagen.

„Du bist territorial", unterstellt er mir.

„Ich erhebe nur Anspruch auf meine Zeit."

„Du wirst lernen müssen, zu teilen."

„Sagt der, dessen wohl befriedigter Lebensbringer in der Luft herumhängt."

Sein harter Schwanz zeigt selbst jetzt selbstgefällig in meine Richtung.

Ich gebe dem Anhängsel einen scharfen Klaps und stelle mich schweigend in den Weg, während ich darauf warte, dass er den ersten Schlag austeilt.

„Darf ich reingehen, Master?" Sanas trauminduzierende Stimme kribbelt in meinen Sinnen.

Bevor ich antworten kann, sagt Ast zu ihr: „Nur zu, Kleines."

Mein Griff um ihren Arm wird fester. „Sie hat mich gefragt."

Ich warte einen Moment, dann lasse ich ihren Arm los und führe sie hinein. Ich folge hinter ihr und drücke mit der Hand auf den Türsensor, ohne mich umzudrehen. Das Panel schlägt vor Asts Gesicht zu und ich lächle über seinen gedämpften Fluch.

Die *Verani* schwebt durch den Raum. Ihr hexenhaftes Haar tanzt in Wellen um sie herum, aber ihr Blick ist nach unten gerichtet. Ihre zierlichen Hände sind ordentlich vor ihr zusammengefaltet und es gelingt ihr, ihre prophetische Muschi trotzig vor meinem Blick zu verbergen und gleichzeitig unterwürfig zu wirken.

„Du bist ein Fabelwesen, das hergeschickt wurde, um mich zu verführen", murmle ich. Sie wird mich wahrscheinlich in den Tod locken.

Ihr Blick wandert zu mir hinauf und dann wieder hinunter. Ich trete näher und drücke sie mit dem Rücken gegen die Wand, bis ihre zierliche Gestalt ganz in meinem Schatten steht. Ich mag es, dass sie klein ist, während ich groß bin. Weich, während ich hart bin. Ich glaube nicht, dass ich ein Weibchen, das so groß und mächtig ist wie ich, oder eines, das versucht, mich zu dominieren, ficken wollen würde.

Und doch ... vermisse ich ihr Feuer. Ihren Kampfgeist.

Ich neige ihr Kinn nach oben, aber ihr Blick wandert nicht höher als meine Brust.

„Hat dich deine Kühnheit verlassen, *Verani*?"

„Ja, Master."

„Das ist bedauerlich. Ich mochte dich lieber kühn."

Dieses Mal starrt sie mir mit ihrem unergründlichen schwarzen Blick in die Augen, aber sie bleibt stumm.

„Sana, meine hinterlistige kleine *Verani*." Ich fahre mit meinem Daumen an ihrem warmen Hals hinunter bis zu dem Punkt, an dem ihr Puls wild pocht. „Welche Geheimnisse versteckst du?"

Ihr Puls erhöht sich, aber sie antwortet nicht und ich hatte es auch nicht erwartet.

Ihr Duft ist betörend nach *Nhu*-Öl und *Schendi*-Blüten, aber ich will alle ihre Düfte kennenlernen. Wenn sie ihren Schutzschild fallen lässt, werde ich dann Erregung riechen, die der meinen an Heftigkeit entspricht? Oder werde ich ihre Schuld riechen?

Diese fügsame Kreatur ist süß, aber ich sehne mich nach mehr. „Höre auf, mich zu blockieren. Ich will dich ganz riechen."

Erschrocken holt sie Luft und in ihrem stürmischen Blick tobt ein Konflikt.

Blockaden und Gedankenschilde sind sowohl für Zapex als auch für Monrok eine tiefverwurzelte Fähigkeit. Zapex sind bekannt dafür, dass sie Gedanken und Gefühle durch Berührung lesen können. Was Monrok wahrnehmen, ist nicht annähernd so greifbar wie vollständige Gedanken oder Erinnerungen, aber wir können ein breites Spektrum an Emotionen riechen. Wenn sie ihren Schild fallen lässt, würde sie die Macht abgeben.

Und das ist genau das, was ich von ihr verlange, und sie weiß es.

„Was ist los, *Verani*? Ich habe dir einen Befehl gegeben. Ich bin dein Master. Glaubst du nicht, dass du dich deinem Master in allen Dingen unterwerfen solltest?"

Ihre Nasenflügel beben und ihre Augen funkeln.

Da. Da ist ihr Kampfgeist wieder.

„Was ist los, gefällt es dir nicht, dich einem Monrok zu unterwerfen? Sind wir unter deiner Würde? Oder magst du nur mich nicht als deinen Master?"

Ihre Lippen bleiben hartnäckig verschlossen. Das ist gut so. Ich greife nach einer Brust, teste ihr Gewicht und ihre Empfindlichkeit ... und warte.

Ich beuge mich hinunter und fahre mit meiner Zunge über den Puls an ihrer Kehle und hinauf zu ihrem Kiefer. Ich will jeden Zentimeter von ihr schmecken. Ihren Puls. Die Kurve ihrer Taille. Die Wölbung ihrer Brust und das einladende Tal zwischen ihren Schenkeln, das jetzt frustrierenderweise nach Ast stinkt.

Ich betaste sie dort, meine Berührung ist rau. Sie keucht, als ich die weichen Lippen ihres Geschlechts erkunde, so warm, so feucht. Der Duft von Asts Essenz steigt wieder zwischen uns auf und ich möchte sie plötzlich dafür bestrafen, dass sie nach jemand anderem als nach mir riecht.

Es ist unlogisch.

Besitzergreifend.

Ich hebe einen ihrer Schenkel und spreize sie auf. Sie steht passiv da und lässt mich mit ihr machen, was ich will. Das irritiert mich auf irrationale Weise.

„Willst du, dass ich dich berühre?"

Sie sagt nichts.

„Willst du, dass ich meinen Schwanz herausziehe und dich in Besitz nehme, genau hier, wo wir stehen?"

Sie wendet ihren Blick ab und ich schlage gegen die Wand neben ihrem Kopf. Sie reißt den Blick zu mir zurück. Sie braucht ihren Schild nicht zu senken, damit ich die Angst in ihren Augen sehen kann.

Sie lässt meinen Schwanz zucken, aber ich will ihre Angst nicht.

Ich will ihren Kampfgeist.

„Kämpfe gegen mich."

Sie runzelt die Stirn.

„Ich dachte, du wärst eine mächtige *Verani*? Du wirst deinen Schild nicht fallen lassen oder gegen mich kämpfen?"

Trotz blitzt in ihren schwarzen Augen auf. „Nein."

„Denkst du, du kannst dich mir widersetzen?" Ich sage das, obwohl ich ihren Trotz genieße.

Mit meiner freien Hand verpasse ich ihr einen harten, schnellen Schlag auf die Muschi.

Keuchend krümmt sie den Rücken. Sie greift nach meinen Handgelenken, aber ihr Griff hält mich nicht davon ab, ihre Muschi immer wieder zu versohlen.

Ich packe ihr Haar mit meiner Faust und ziehe ihren Mund zu mir, aber dann schließt sie ihre Schenkel über meiner anderen Hand.

„Aufmachen", befehle ich und schiebe drei Finger strafend tief hinein.

Sie schreit auf und verdreht ihre Hüfte. Ihre Schenkel pressen fester gegen mein Handgelenk.

„Sofort aufmachen."

Wie ein Schlag auf meine Brust wird die Luft lebendig und schleudert mich zurück. Emotionen, Schmerz, Lust, Angst, Verwirrung. Sie wirbeln um mich herum und bombardieren meine Sinne auf einmal. Ich stolpere einen Schritt zurück, als sie alles für mich ausstrahlt.

Sie lässt sich gegen die Wand sinken und keucht, als ob es sie viel Kraft kostet, ihren Schild zu senken. Oder vielleicht war es meine Berührung, die sie überwältigt hat. Ich habe nicht geglaubt, dass sie es tun würde. Sie hat ihren verdammten Schild gesenkt und ich kann all die Gefühle riechen, die sie vor mir verborgen hat.

Meine Brust schwillt an und mein Schwanz tropft mit erneuter Lust.

Ich ziehe sie an mich heran und stürze meinen Mund auf ihren. Ich koste alles, was sie zu bieten hat, und versuche, meine genaue Wirkung auf sie zu entschlüsseln. Sie nimmt bereitwillig an der Paarung unserer Münder teil, aber sie klammert sich nicht an mich, wie sie es bei Ast getan hat, als er ihren Körper bis zur Vollendung ritt. Sie streckt ihre Hüfte nicht sehnsüchtig gegen meine Erektion.

Der Geruch ihrer Angst und Verwirrung verdrängt ihre Erregung und ich knurre meine Frustration in ihren Mund.

Ich weiß nicht, warum das wichtig ist. Wir besitzen sie bereits, aber ich möchte, dass mein Besitz tiefer geht als das. Ich will mich in ihre Knochen einbrennen und in ihre Sinne einprägen. Ich will sie in jeder Hinsicht für mich beanspruchen. Ich will, dass sie sich nach mir *sehnt*.

Der Gedanke lässt mich taumeln.

Ich schlage gegen die Klappe des *Baks* und stoße sie grob hinein.

„Wasche den Gestank der Reise und von Ast von dir ab", maule ich und schließe die Klappe vor ihrem fassungslosen Gesicht.

Fuck.

Noch nie war meine Kontrolle so schwach wie jetzt. Ich schlage in die Luft. Mein geschwollener Schwanz schmerzt. Ich hätte ihr einfach geben sollen, was wir beide wollen. Meine Kybernetik verlangsamt meinen Puls und beruhigt meine Atmung.

Mit ruckartigen Bewegungen trete ich meine Stiefel ab und entledige mich meiner Kleidung. Ich gehe hinüber zu einem Wandpanel auf der anderen Seite der erhöhten Schlafplattform und ziehe große und kleine Schwebefesseln heraus.

Ich werde mich *nicht* der Gnade eines *veranischen* Fickspielzeugs ausliefern.

Sie wird *mir* ausgeliefert sein.

SANA

Eine der Priesterinnen, die mich ausgebildet haben, sprach vom widersprüchlichen Master. *Er, der alles und nichts von dir will.* Es gibt keine Möglichkeit, einen solchen Master zufriedenzustellen. Man muss ihn nur erdulden.

Ich habe noch nie ein so widersprüchliches Wesen erlebt wie meinen neuen Monrok-Master Jor. Und ich war noch nie so unsicher, wie ich jemanden befriedigen soll. Sogar bei Keela wusste ich, was sie besänftigen und was sie in Wut versetzen würde.

Diese Unsicherheit erschüttert mich.

Zitternd lasse ich den Waschzyklus über mich ergehen. Der Sensor des *Baks* ist auf ein viel größeres Wesen eingestellt und der reinigende Nebelzyklus sticht und prickelt auf meiner Haut. Die warme Luft des Trockners tanzt um mich herum. Mein Haar wird in alle Richtungen verwirbelt, ohne dass ich es kontrollieren kann. Als der Trockner fertig ist, seufze ich erleichtert, zögere aber, während ich die Finger über dem großen Knopf schweben lasse, mit dem sich die Tür öffnen lässt. Auf der anderen Seite wartet mein widersprüchlicher Master auf mich.

Die Erinnerung daran, wie Jor mein Geschlecht immer wieder und wieder heftig versohlte, durchzuckt mich. Es lässt meine Knie schwach werden.

Ich starre auf den Knopf an der Wand, der nur darauf wartet, gedrückt zu werden. Ich drücke die Schultern durch und schließe die Augen, stoße meinen angehaltenen Atem aus und drücke auf den Knopf. Die Klappe öffnet sich mit einem Schwall kühler Luft, die meine Haut zum Kribbeln bringt. Die Knospen meiner Brüste verhärten sich.

Ich öffne die Augen und weiche instinktiv einen Schritt zurück.

Mein neuer Master-Krieger steht in seiner ganzen Pracht am Fuße der Plattform und schaut mir entgegen. Er hat die Arme vor der Brust verschränkt. Sein mächtiger Schwanz ist so geschwollen, dass er so wütend erscheint wie der Mann, an dem er hängt. Feuchtigkeit perlt von der Eichel, als ich ihn anstarre.

Hitze kribbelt in meinen Wangen und ich lasse meinen Blick zu seinem Gesicht hinaufschweifen. Das Licht in der Kammer ist gedämpft und wirft die vernarbte Hälfte seines Profils in Schatten. Das macht ihn nicht etwa sympathischer, sondern lässt seinen Blick nur noch bedrohlicher erscheinen.

„Komm heraus, *Verani*.“

Erdulden. Das Wort hallt in den geflüsterten Tönen der Priesterin in meinem Kopf wider. Das kann ich tun. Ich bin eine *Verani*. Ich wurde dafür geschaffen. Ich schüttle meine Nervosität ab und gleite mit einem sanften Hüftschwung sinnlich vorwärts. Mein Haar peitscht vor Aufregung und Nervosität und ich zwinge die Strähnen, sich zu beruhigen und in wogenden Wellen zu fließen.

Sein hungriger Blick folgt meiner Bewegung und ich frage mich, ob meine Reize schon jemals so geschätzt wurden. Es hilft mir, etwas von meiner Kraft zurückzugewinnen. Bis ich die Handschellen sehe, die am Ende der Plattform liegen.

Er greift nach einer und lässt sie an seinem Finger herabbaumeln. „Hat dein alter Master die je benutzt?“

Ich erschaudere: „Nicht an mir." Der Master benutzte sie, wenn er einen neuen *Gearan* einritt. Ihre unheimlichen, überirdischen Schreie hallten durch das Haus. Aber das war das Ziel des Masters gewesen. Er mochte es nicht, wenn er sie nicht brechen konnte. Der Einzige, der dieser Folter zu entgehen schien, war Pippen. Aber Pippen war für den Master immer etwas Besonderes gewesen.

„Komm her, *Verani*." Als ich mich vorwärtsbewege, schüttelt er den Kopf und zeigt auf den Boden. „Auf allen vieren."

Im Gegensatz zu den meisten Zapex halte ich mich nicht für etwas Besseres als ein Monrok, aber diese Art der Unterwerfung ist unter meiner Würde. Ich bin vielleicht eine Konkubine, aber ich bin kein Tier oder Fickspielzeug. Ich bin eine hochbegabte *Verani*. Wenn ich auf die Knie gehe, dann nur, weil ich es so gewollt habe. Mein Master mag meinen Körper benutzt haben, aber er hat nie versucht, mich zu demütigen oder zu erniedrigen.

Zähneknirschend sinke ich langsam auf die Knie und lasse mich nach vorn auf die Hände fallen. Ich kann das wütende Schnippen meiner Locken nicht länger verhindern. Ich bin zu aufgewühlt, als ich zu dem arroganten Monrok krieche, den ich nun Master nennen muss.

Da ich noch nie auf diese Art und Weise gekrochen bin oder erniedrigt wurde, ist der Effekt ... unerwartet.

Meine Brüste schwingen hin und her und ich bin mir der neuen Feuchtigkeit zwischen meinen Beinen nur allzu bewusst. Als *Verani* kann ich alle meine Öffnungen feucht werden lassen, aber ich weiß nicht, wie ich sie dazu bringen kann, damit aufzuhören, wenn sie sich gegen meinen Willen befeuchten.

Als ich seine Füße erreiche, setze ich mich auf meine

Fersen zurück. Er geht in die Hocke, um mich anzusehen. „Du schirmst dich wieder ab."

Er streicht mit einem rauen Finger von meiner Schläfe hinunter zu meiner Wange. Die Stärke und das Ausmaß seiner Nähe ist überwältigend und ich will nicht, dass er seine Wirkung auf mich bemerkt. Ich bin mir nicht sicher, warum ich meinen Schild vorhin fallengelassen habe, aber ich werde es nicht noch einmal tun.

Jor lächelt genauso, wie mein alter Master lächeln würde, bevor er mit einem neuen *Gearan* spielte. Ich zwinge mich, unter seinem wachsamen Blick nicht zu zittern.

„Ich wollte eigentlich, dass du meinen Schwanz in den Mund nimmst, aber ich glaube, dein Kampfgeist ist zurück." Er stellt sich so auf, dass sein tropfender Schwanz direkt vor meinem Gesicht hängt, und ich stelle mir plötzlich vor, wie ich meine Zunge herausstrecke, um ihn zu schmecken.

„Bring mich nicht in Versuchung", sagt er, als könnte er meine Gedanken lesen. Und plötzlich habe ich sehr wohl Lust, ihn in Versuchung zu führen.

Ich greife nach seiner heißen Länge und bewege mich leicht vorwärts, bis mein Mund über die feuchte Eichel streift. Ich lecke mir über die Lippen, um ihn zu schmecken, und er stöhnt und beobachtet mich. Seine Essenz ist erstaunlich süß. Ich beuge mich wieder vor und lecke über ihn, bevor ich ihn in den Mund nehme und bis zur Hälfte seiner Länge hineinsauge.

Er greift in mein Haar. Die freien Strähnen zucken heraus und umschmeicheln seine Flanken, während ich ihn liebkose und an ihm sauge. Mit einer Hand massiere ich seinen Schwanz und mit der anderen erkunde ich den baumelnden Sack, der darunter hängt. Er zieht sich zusammen, als ich ihn streichle, und mein neuer Master flucht und krallt seine Faust in mein Haar.

Der beißende Schmerz sendet einen Hitzeschub durch meinen Körper. Ich winde mich auf den Knien und versuche, Reibung zwischen meinen Beinen zu erzeugen.

Er reißt meinen Kopf zurück, sodass ich von seinem Schwanz gezogen werde. „Macht dir das Spaß?"

Als Antwort strecke ich meine Zunge heraus, um über seinen tropfenden kleinen Schlitz zu lecken.

Er verdreht die Augen. „Versuchst du etwa, mich in deinem köstlichen Mund kommen zu lassen, bevor ich die Chance habe, dich zu besteigen?"

Er hält meinen Mund für köstlich? Das hatte ich zwar nicht vor, aber … Ich sauge an meiner Unterlippe und beäuge seinen Schwanz sehnsüchtig.

„Steig auf die Plattform", knurrt er und zieht mich auf die Beine.

Auf wackligen Füßen klettere ich auf das erhöhte Podest und lege mich mit gespreizten Beinen auf den Bauch.

Ein tiefes Glucksen ertönt von Jor. „Oh nein, so leicht werde ich es dir nicht machen, meine Verführerin."

Er hebt meine Hüfte hoch und zieht meine Arme nach hinten. Mit schnellen, mühelosen Bewegungen legt er mir die Hand- und Fußfesseln an, bevor er meine Handgelenke an der Außenseite meiner Knöchel festmacht. Er zieht mich zurück an den Rand der Plattform, bis meine Zehen fast herunterhängen. Dann spreizt er meine Knie und fixiert die Schwebemanschetten, sodass ich mich nicht mehr bewegen kann.

Ich wehre mich gegen meine Fesseln, während er meinen Arsch knetet.

„Fuck", murmelt er. „All die Dinge, die ich mit dir machen will."

Ich schaue über meine Schulter zurück. Sein intensiver Blick ist auf mein Geschlecht gerichtet.

Wie aus dem Nichts gibt er mir einen Klaps auf meinen nach oben ausgestreckten Hintern und ich schreie in die Matratze. Wärme breitet sich dort aus, wo der stechende Schlag gelandet ist, und ich wünsche mir fast, dass er es noch einmal tut.

Seine dicken Schenkel stoßen gegen meine, als er sich hinter mir hinkniet. Er streichelt meinen Hintern und spreizt meine Pobacken auf. Meine Haut kribbelt, als er meine Rosette mit dem Daumen umkreist, doch dann spüre ich feuchte Hitze an meinem Inneren und mein Verstand dreht durch. Er taucht mit der Zunge in mich hinein und das Gefühl raubt mir den Atem. Die Position, in der ich mich befinde, ist alles andere als bequem, und ich kann mich überhaupt nicht bewegen. Ich bin in einer erniedrigenden, verletzlichen Pose gefesselt, doch all das und seine verruchte Zunge lassen meine Sinne tanzend zum Leben erwachen.

Als meine Scheide leicht zu vibrieren beginnt, hört er auf und schlägt mir auf den Hintern. Der Schlag erwischt mich erneut unvorbereitet. Ich schreie vor Schreck auf, aber die sich ausbreitende Hitze lässt mich wimmern, denn das Gefühl, das mich durchzuckt, ist etwas ganz anderes als Schmerz.

Klatsch, Klatsch, Klatsch. Er versohlt erst eine Pobacke und dann die andere, bis ich mich winde und ein verräterisches Stöhnen aus meiner Kehle entspringt.

Gerade als ich denke, dass ich es nicht mehr aushalten kann, fängt er wieder an, mich zu lecken und zu schmecken. Er saugt den Nektar auf, der aus mir tropft.

Mit den Zähnen kratzt er über meine zarten Schamlippen, während er knabbert und saugt. Er fügt seine Finger hinzu und bearbeitet meine nervenreichen Ringe.

Ich muss mir auf die Lippe beißen, um nicht nach mehr zu betteln. Ich versuche, meine Beine zu schließen und zapple in meinen Fesseln.

„Deine Löcher sind so eng, meine kleine *Verani*. Wir werden dich dehnen müssen, bevor Banx dich in die Finger kriegt. Sein dicker Schwanz wird dich entzweibrechen."

Mir schwirrt der Kopf. Ich zittere. Ich sehne mich danach, gefüllt zu werden. Gleichzeitig habe ich Angst, weil ich noch zwei weitere Monrok-Master habe, die mich in Besitz nehmen wollen, nachdem Jor mit mir fertig ist.

Meine beiden Öffnungen vibrieren, meine Schenkel sind nass vor Verlangen und ich habe noch nie ein so starkes Bedürfnis erlebt. Er zieht sich wieder zurück und meine Muschi krampft sich schmerzhaft leer zusammen.

„Bitte", flehe ich mitleidig, bevor ich mich zurückhalten kann.

„Ich liebe den Klang deines Bettelns." Er presst seine weichen Lippen auf meine Schulter. An meine Hüfte. Ich erschrecke über den sanften Kontrast zu seiner rauen Berührung. „Sag mir, was du brauchst, meine kleine *Verani*."

„Dich." Er fährt mit den Fingern an meiner Wirbelsäule hinunter und mein ganzer Körper bebt. Meine Nerven sind angespannt. „Ich brauche dich in mir."

„Hör auf, mich zu blockieren, und ich gebe uns, was wir beide wollen." Seine Stimme ist rau. Er ist genauso voll von Verlangen wie ich. Wenn ich warte, wird er mich wahrscheinlich ficken. Mich mit seinem großen Schwanz ausfüllen und diesen pulsierenden Schmerz lindern.

Er fängt wieder an, mich zu versohlen, und ich beiße in die Bettdecke, um nicht zu schreien.

„Ich werde dich nicht ficken, bevor ich nicht bekomme, was ich will", droht er hartnäckig und ich weiß, dass es stimmt.

Sein großer Schwanz kitzelt und neckt meine Öffnung. Er stößt die Eichel durch meinen ersten Ring. Ich halte den Atem an und will, dass er eindringt und mich dehnt, mich ganz *ausfüllt*, aber er zieht sich zurück. Er tut es immer wieder und wieder, während er meinen gequälten Hintern knetet und weiter versohlt. Die Rückseite meiner Beine.

Meine Oberschenkel beginnen zu zittern.

„Bitte", schreie ich wieder demütigend.

„Du weißt, was ich will."

Meinen Schild fallenzulassen, ist genauso unnatürlich, wie in dieser Position gefesselt zu sein. Die Blockade ist fest verankert, seit ich gelernt habe, sie zu kontrollieren. Sie zuvor sinken zu lassen, war ein Fehler. Ich zwinge mich, die mentale Mauer zu lösen.

Kaum ist sie unten, stößt Jor nach vorn und füllt mich bis zum Anschlag. Meine Muschi vibriert wild, während er mich mit harten, sicheren Stößen fickt. Sein massiver Körper bedeckt mich. Mit der Hand umschließt er besitzergreifend meine Brust.

Visionen überfallen mich wie Blitze. Wie selbstverständlich strecke ich die Fühler aus, um in Gedanken mit ihm zu verschmelzen und den Fluss zu kontrollieren. Anders als die Barriere, gegen die ich bei Banx und Ast gestoßen bin, ist Jor für mich genauso offen wie ich für ihn.

„Hör auf", sagt er, während er versucht, mich aus seinem Geist zu verdrängen.

„Das kann ich nicht." Wenn ich mich jetzt zurückziehen würde, wäre es so, als würde ich versuchen, die Flut der Lust, die meinen zitternden Körper ergreift, aufzuhalten. Ich muss in seinen Gedanken sein. Ich versuche, ihn zu beruhigen, aber er lässt sich nicht von mir leiten oder kontrollieren.

Er fängt an, in mir anzuschwellen, und zieht sich schlagartig zurück, nur um gegen meine Rosette zu stoßen. Ich versuche, meine erregte Öffnung zu entspannen, aber seine Eichel ist wie ein Knüppel. Dies soll meine Bestrafung sein. Bestrafung dafür, dass ich in ihn hineingesehen habe. Aber meine Ringe verstehen das nicht. Sie fangen an, ihn mit jedem Stoß und Zug seiner anschwellenden Länge zu massieren. Sie melken ihn rhythmisch und versuchen, ihn in mir festzuhalten.

Er stößt seine Finger in meine Fotze und umkreist meine vorderen Lustringe, während sein ganzes Leben voller Erinnerungen über mich hereinbricht. Schmerz, sein Leben kannte so viel Schmerz. Die Folter der Zapex. Ast, Tawn und Banx, die ihn fanden, nachdem er von seinen eigenen Artgenossen zerfleischt worden war. So jung und schwach und dann weggeworfen. Sie retteten ihn, aber sie konnten ihn nicht vor den Zapex beschützen. Zyklen endloser Folter flackern durch mein Bewusstsein, während ich vor Lust zittere.

Mein Körper spannt sich an und zieht sich in krampfhafter Glückseligkeit zusammen, während sich die schreckliche Tragödie seiner Existenz in blitzenden Visionen vor meinem inneren Auge abspielt. Er schwillt in mir an, bis ich unter dem Druck aufschreie. Meine Beine zucken, aber ich kann mich ihm nicht entziehen.

Statische Blitze schießen aus meinen Händen. Mein Körper hebt sich und schwebt knapp über der Plattform.

Jors Orgasmus entlädt sich in einem hemmungslosen Schrei, der von jahrelangen Qualen erfüllt ist. Er hallt in der Kammer wider und jagt mir einen Schauer über den Rücken.

Noch immer pulsieren heiße Ströme seiner Essenz in mir und er versucht, seine verknotete Länge herauszuziehen. Ich schreie auf, als sich meine inneren Muskeln noch fester zusammenziehen. Er flucht und befreit meine Hand- und Fußgelenke von den Fesseln, dann dreht er uns auf die Seite.

Er dreht mein Gesicht herum und streicht mit den Fingern über die Feuchtigkeit, die mir über die Wangen läuft. „Tränenfluss? Ich wusste nicht, dass *Verani* weinen."

Ich habe mich aus seinen Gedanken zurückgezogen und meine Blockade wieder errichtet, aber die Qualen der Erinnerungen bleiben bestehen.

„Es tut mir leid, Master." Ich entschuldige mich nicht für die Tränen, sondern für all das, was er durch die Hand der Zapex erlitten hat. Ich verstehe seine Verachtung und sein Misstrauen mir gegenüber jetzt, so unfair und unangebracht es auch sein mag. Und das macht es noch dringlicher, dass er nicht erfährt, was ich über die Zapex weiß. Er würde mehr als die meisten anderen wünschen, dass ganz Jar'jn schnellstens vernichtet wird.

Bei meiner Entschuldigung blitzen seine Augen vor Überraschung auf, bevor er seine steinerne Maske auflegt. Er lässt mein Gesicht los und streckt die Hand aus, um eine Decke über die Vorderseite meines Körpers zu ziehen.

„Du willst nicht zugedeckt werden?", frage ich. Ich bin immer noch zittrig und außer Atem, aber er scheint sich vollständig erholt zu haben.

„Ich mache mir nichts aus derartigen Umhüllungen. Ruh dich aus, *Verani*." Es ist ein schroffer Befehl, der dadurch unterstrichen wird, dass er seinen dicken Arm um meine Taille schlingt und mich an seinen Körper zurückzieht. Er behält ihn dort und hält mich sicher fest.

„Ja, Master", ist alles, was ich sage. Mehr kann ich nicht sagen, weil mir immer noch stille Tränen über das Gesicht laufen.

In seiner Umarmung, in der Umarmung meines widersprüchlichen Masters, schlafe ich ein.

Kapitel Vier

TAWN

Das Licht flackert. Ich reiße den Kopf hoch, als auch Banx und Ast gleichzeitig aufhorchen. Wir brauchen kein verbessertes Gehör, um Jors Brüllen zu hören. Es klang nicht nach Vergnügen.

„Er würde sie nicht töten, oder?", frage ich.

Ast wirft mir einen grimmigen Blick zu. „Mach darüber nicht einmal verdammte Witze."

Banx zuckt mit den Schultern. „Ich denke, es ist wahrscheinlicher, dass sie einen Weg gefunden hat, ihn zu töten. Wir sollten das Weibchen nicht unterschätzen."

Ich habe geduldig im Kontrollraum gewartet. Banx empfahl, Jor und Sana etwas Zeit zu geben, um die Sache zu klären. Die Logik schien vernünftig genug, als er es sagte. Jetzt bin ich mir dessen nicht mehr so sicher.

„Vielleicht sollte ich nach ihnen sehen."

Banx nickt. „Schicke Jor zu uns. Ich habe zwei alogorianische Schiffe auf dem Radar, die ich im Auge behalte."

„Ich habe gehört, dass der alogorianische Herrscher ein Bündnis mit den Monrok anstrebt."

Banx' Spott sagt alles. Wir werden nichts dem Zufall überlassen. Besonders nicht, wenn wir auf uns allein gestellt sind und eine Art Flüchtling beherbergen. Oder vielleicht sind wir alle auf der Flucht.

Mein Lebensbringer zuckt bei dem Gedanken an unsere illegal erworbene *Verani* glücklich und ich erhebe mich. Ast bemerkt es und wirft einen Blick den Gang hinunter. Seine Miene ist halb neidisch, halb besorgt.

„Du hast eine Viertelschicht, bevor ich zu dir stoße", sagt Banx.

„Du warst die ganze Zeit geduldig und jetzt willst du mich hetzen?"

Seine Miene verfinstert sich. „Ich habe ihr zuliebe gewartet. Meine Geduld geht langsam zu Ende."

Ich nicke und wackle mit den Augenbrauen. „Wir werden uns nicht immer abwechseln. Vielleicht wäre es gut für sie, sich daran zu gewöhnen, mehr als einen von uns auf einmal zu spüren."

„Wenn die Zapex sie uns in Pacbar wegnehmen, werden wir sie überhaupt nicht mehr teilen", murmelt Ast.

Die Erinnerung daran trübt meine Begeisterung fast. Eifersucht und Missgunst sind zwischen Ast, Banx, Jor und mir keine gewöhnlichen Gefühle, aber ich glaube, Ast erlebt einige der schwächeren Emotionen unserer organischen Herkunft.

„Vorsicht. Deine menschliche Seite zeigt sich", sage ich zu ihm.

Er brummt, zieht einen rauen Stein heraus und fängt an, eine seiner handgefertigten Klingen zu schärfen. Ich schüttle den Kopf und mache mich auf den Weg zum Flur. Wir sind kybernetisch verbessert und haben fortschrittliche technische Waffen in unseren Fingerspitzen, und trotzdem fertigt er rudimentäre Klingen an.

Viele Monrok stellen solche Dinge her. Es ist ein Hobby, das ich nie verstanden habe.

Ich brauche nicht lange zu überlegen, in welcher Kammer sie sich befinden. Meine kybernetischen Sinne nehmen die Duftspur von Sex und Sana auf. Ein Duft, an den ich mich gewöhnen könnte. Sehnsucht überkommt mich, während ich gleichzeitig daran erinnert werde, dass dies vielleicht unsere einzige Zeit mit ihr ist, wenn es auf Pacbar nicht gut läuft.

Die Tür gleitet auf, sobald ich meine Hand auf den Sensor lege, und ich bin erleichtert, dass Jor sie nicht verriegelt hat. Ich hätte es gehasst, die Tür aufbrechen zu müssen.

Jor liegt auf der gepolsterten Plattform auf dem Rücken und hat seinen Unterarm über seine Augen gelegt. Sein erschlaffter Schwanz ist voll zur Schau gestellt und der Raum riecht nach seiner Essenz. Es beweist, dass er seinen Unmut über die Begattung einer *Verani* überwunden hat. Obwohl die weggeworfenen Schwebefesseln, die auf der Plattform verstreut liegen, mich fragen lassen, was genau hier passiert ist. Sanas sinnlich geschwungener Hintern schmiegt sich in ihrem Schlummer vertraulich an Jor. Ich werte das als ein positives Zeichen.

Er setzt sich auf, als ich eintrete, und deckt unsere *Verani* zu, während er sich selbst erhebt. Sein Gesicht wirkt gequält, als er auf dem Weg zum *Bak* an mir vorbeigeht. Einen so finsteren Gesichtsausdruck habe ich schon seit Jahrzehnten nicht mehr bei ihm gesehen, aber alles, was er sagt, ist ein knappes: „Sie schläft."

Das wird sie nicht für lange tun, aber ich enthalte mich eines Kommentars. Jor hat, genau wie Ast, eine kurze Zündschnur, die sich leicht entzünden lässt.

Ich warte, bis sich die Klappe des *Baks* hinter ihm schließt, bevor ich mich ausziehe. Ich streichle meinen begierigen Schwanz, ziehe die Decke zurück und mache es mir neben unserem Weibchen bequem.

Es ist mehr als zwei Jahrzehnte her, seit wir die Daten über Menschen entdeckt und unsere ersten Videos von menschlichen Weibchen und Sex gesehen haben. Wir haben sie alle angeschaut und katalogisiert, was wir mögen und was wir ausprobieren würden, wenn wir ein Weibchen hätten. Jetzt, wo ich eins vor mir habe, will ich einfach nur in ihr sein. Es macht mir nichts aus, dass sie kein Mensch ist.

Obwohl ich zugeben muss, dass ich mir nicht sicher war, als Banx sich für eine *Verani* entschied, hat sich Sana als faszinierend lebhaft erwiesen. Ich denke, sie könnte das perfekte Weibchen für uns sein, und ich habe sie noch nicht einmal gefickt.

Noch nicht.

Meine Kybernetik arbeitet, um meinen rasenden Herzschlag auszugleichen. Es gibt nichts, was ich länger erwartet habe als diesen Moment. Ich verstehe, warum Banx meine Zeit verkürzen will, damit auch er unser Weibchen genießen kann.

Sanas Körper ist warm unter der Decke, ihr Atem ist gleichmäßig und sie schlummert tief und fest. Wir Monrok brauchen nicht viel Schlaf und begnügen uns mit jeder ebenen Fläche. Wenn wir irgendwo stationiert sind, ruhen wir uns auf Schlafmatten in Baracken aus. Wir benutzen keine Decken. Wir haben uns daran gewöhnt, ohne auszukommen, bis unsere Kybernetik integriert wurde. Sobald dies geschehen war, empfanden wir keine Unannehmlichkeiten wie Kälte oder Schmerzen mehr.

Ich strample mich mit den Füßen unter die Decke und

drehe mich auf die Seite. Es ist etwas schwierig, mich unter der Decke zu bewegen, aber ich nehme an, das andere Wesen die Wärme, die sie spenden, als angenehm empfinden.

Sie vermitteln auch ein Gefühl der Abgeschiedenheit.

Ich fahre mit den Händen an Sanas Flanke hinauf und freue mich darüber, wie weich und sanft geschwungen sie ist. Sogar ihre Haut fühlt sich an wie Blütenblätter. Ihr Duft ist ebenso exotisch und ich schwelge in ihm. Ich wiege meine Hüfte an ihrem Hintern, schiebe meine Länge zwischen ihre Pobacken und wandere mit den Lippen über ihre Schulter zu ihrem Kinn. Ich greife nach oben, umschließe ihre prallen Brüste und streichle ihre Brustwarzen, bis sie sich windet. Ich erkunde ihren straffen Bauch und suche mit den Fingern nach der Stelle, an der ich am meisten sein möchte. Ich gleite in das V ihrer Schenkel und schiebe einen Finger in ihren Schlitz. Feuchtigkeit macht sich an ihrer Öffnung breit.

Ich spüre den Moment, in dem meine kleine Blüte erwacht. Ihr prachtvolles Haar tanzt lebendig und Strähnen streicheln über meinen Arm und meine Wange. Mein Schwanz zuckt. Ich hätte nie gedacht, dass mir das Haar eines Weibchens zum Verhängnis werden könnte, aber das Gefühl, wie ihre seidigen Strähnen über mich reiben, lässt meinen Schwanz tropfen.

Ich verschwende keine Zeit und drehe sie auf den Rücken. Sie versteift sich für einen Moment, bevor sie sich wieder entspannt und ihre Beine spreizt. Ich schmiege mich an sie und bedecke sie mit meinem Körper.

„Wirst du gegen mich ankämpfen?", frage ich aus echter Neugierde. Die *Verani* hat einen Funken Feuer hinter ihrer Unschuld und ich habe das Gefühl, dass Jor etwas davon zu spüren bekommen hat.

Ihr Atem entweicht in einer Art Lachen. „Möchtest du das, Master?" Sie schaut mit schweren Lidern zu mir auf und lächelt, bevor sie mit den Fingern über meine Lippen streicht.

Ich entspanne mich und gluckse. „Dieses Spiel heben wir uns für später auf." Ich knabbere an ihren Finger-kuppen und erfreue mich daran, als ihre Augen strahlen.

Es gibt so viele Genüsse, die ich mit ihr erforschen und ihr beibringen möchte. Aber jetzt, bei unserem ersten Mal, möchte ich nur das Gefühl ihres Körpers unter meinem genießen.

„So will ich dich, Sana." Mein harter Schwanz ist zwischen uns eingeklemmt und ich greife nach unten, um mich an ihrer Öffnung auszurichten. „Weich, geschmeidig und willig."

Langsam, oh so langsam, sinke ich in ihre einladende Hitze. Ich beobachte, wie sich ihr Mund öffnet und sie die Augen schließt. Genauso langsam ziehe ich mich zurück und präge mir jedes Gefühl genau ein. Ich ficke sie mit langsamen, gleichmäßigen Bewegungen und entziehe mich ihr fast ganz, bevor ich wieder in sie eindringe. Ich ziehe den Moment in die Länge, als würde er für immer andauern, wenn ich es nur langsam genug mache.

„Das." Ich küsse ihren Hals, während sie sich unter mir krümmt. „Davon habe ich geträumt. Danach habe ich mich gesehnt, während ich meinen Lebensbringer zu Videos und Bildern von menschlichen Weibchen streichelte."

Sie lächelt. „Ich weiß. Ich kann deine Erinnerungen sehen." Sie runzelt die Stirn. „Bist du enttäuscht, dass du stattdessen eine *Verani* bekommst?"

Ich halte inne, starre auf sie herab und versuche, mir ein menschliches Weibchen an ihrer Stelle vorzustellen, aber es gibt keinen Vergleich. Sana war für uns bestimmt. Für *mich*.

„Du bist perfekt, *Du'rah*."

Sie schnappt nach Luft und zieht die Stirn in Falten. In ihrem Blick schwimmt Verletzlichkeit. „So kannst du mich nicht nennen."

Ich lehne meine Stirn gegen ihre. „Warum nicht? Denn das bist du doch. Dafür bist du bestimmt. *Du'rah*."

Wenn ich sie als *meine Angebetete* bezeichne, zieht sich etwas in meiner Brust zusammen. Ich möchte es immer wieder und wieder sagen. Sie weckt einen Beschützerinstinkt in mir, wie ich ihn noch nie erlebt habe. Ich möchte den *Hadhr* töten, der ihr diese Blutergüsse zugefügt hat. Ich will alle auslöschen, die sie uns wegnehmen wollen. Sie ist meine Gefährtin und jetzt, da ich sie gefunden habe, werde ich sie nie wieder gehen lassen.

„Du fragst, ob ich etwas bereue?" Ich stoße so tief hinein, wie ich kann und wiege mich an ihr. „Ich bedaure nur, dass ich dich nicht schon früher gefunden habe."

Sie schreit auf und gräbt ihre Fingernägel in meine Schultern. Mit den Schenkeln umklammert sie meine Taille, während sie sich unter mir windet.

Monrok sind Wesen der Zeit und des Todes. Alter spielt in unserer Existenz keine Rolle und so bewegen wir uns durch die Zeit, indem wir die praktischen Markierungen von Schichten und Zyklen als Mittel zum Zweck nutzen. Wenn die Zeit begrenzt wird, bekommt sie eine neue Bedeutung.

Unsere Zeit mit Sana könnte auf ein abruptes Ende zusteuern. Es löst den verzweifelten Wunsch in mir aus, sie zu markieren. Ich zittere vor Anstrengung, unsere Vereinigung so lange wie möglich hinauszuzögern und versuche, jede Sekunde in mein Gedächtnis einzuprägen.

„Master, bitte", keucht sie. Ihre Hüfte spannt sich an und versucht, meine Bewegungen zu beschleunigen. Ihre gierige Muschi presst sich gegen mich und zieht sich fest um mich zusammen. Als ihr Innerstes um meinen Schwanz zu vibrieren beginnt, unterdrücke ich ein Knurren, indem ich die Zähne zusammenbeiße.

„Tawn", zische ich und meine Stöße werden heftiger. Härter. Weniger kontrolliert. „Ich bin kein austauschbarer Master. Du nennst mich Tawn, wenn ich in dir bin." Ich will, dass sie weiß, dass sie die Meine ist, wenn wir zusammen sind. Meine ganz allein.

„Sag es. Wer füllt deine Muschi und bereitet dir Lust?" Ich drücke ihre Hände über ihren Kopf. Sie windet sich in meinem Griff, aber sie muss wissen, dass sie mir gehört, so sicher wie sie mich unwissentlich besitzt.

„Du – *Tawn*." Keuchend und sich krümmend begegnet sie meinem Blick und streichelt mich mit ihren Haarsträhnen. „Ich würde nie denken, dass du jemand anderes bist. Du bist nicht – du bist nicht austauschbar."

Bei ihrem nächsten Atemzug bedeckte ich ihren Mund mit meinem, nehme ihr Stöhnen in mich auf und lasse unsere Paarungsgeräusche miteinander verschmelzen, während wir die Lust des anderen schmecken. Wie ein Hauch von Rauch strecken sich ihre Gedanken nach meinen aus und suchen Einlass. Aus Gewohnheit stoße ich sie zurück, aber es ist eine bewusste Anstrengung.

Auf diese Weise in ihr zu sein, hat meine Instinkte geschwächt. Meine Kybernetik arbeitet nicht mehr so schnell.

Ist es das, was Jor gebrochen hat? Hat er sie in seinen Geist eindringen lassen, während er in ihren Körper stieß?

Viel zu früh schwillt mein Lebensbringer an. Ich habe das Verknoten noch nie erlebt und es ist die exquisiteste

Folter, die ich je gespürt habe. Blitze durchzucken meine Wirbelsäule, als meine Hoden sich zusammenziehen und die Essenz in dicken Strömen in meinem Schwanz hinaufschießt. Ich stoße in sie hinein und fülle sie aus. Markiere sie.

Ich lockere meinen Griff und streiche ihr das wild zuckende Haar aus dem Gesicht. Ihre Augen sind fast geschlossen, aber ihre Mundwinkel sind nach oben gezogen. Sie sieht zufrieden und gut befriedigt aus.

Mit ihr in meinen Armen drehe ich mich auf den Rücken. Sie streckt sich auf mir aus und schmiegt ihr Gesicht wie eine kleine *Zepka* an meine Brust. Ihr Körper wird schlaff und ich weiß, dass sie wieder eingeschlafen ist. Einfach so.

Wenn sie so daliegt, ist sie so schutzlos. Vertrauensvoll.

Ich kann mir nicht vorstellen, wie das sein muss, aber mit ihr könnte ich es vielleicht versuchen.

Kapitel Fünf

BANX

Jor ist sehr zurückhaltend, seit er sich zu Ast und mir in den Kontrollraum gesellt hat. Das ist sehr untypisch für Jor. Normalerweise, wenn er etwas auf dem Herzen hat, beschwert er sich. Wenn ihn etwas belastet, äußert er es. Wenn ihm nichts auf der Seele liegt, sagt er es auch.

Die meiste Zeit genießt er wohl einfach den Klang seiner eigenen Stimme.

„Was geht dir durch den Kopf?", frage ich halb aus echter Neugier, halb um meine Gedanken von meinem schmerzenden Schwanz abzulenken. Meine gierige Länge weiß, dass es bald an der Zeit ist, unser Weibchen einzufordern. Jor verschränkt die Arme vor der Brust. Er lehnt sich auf seinem Platz zurück. Zum ersten Mal frage ich mich, ob er überhaupt etwas sagen wird.

Seine Haltung würde einem durchschnittlichen Wesen nichts verraten, aber ich kenne ihn lange genug, um zu wissen, dass er am liebsten wie ein eingesperrtes *Fenipu* ruhelos und frustriert im Kontrollraum auf und ab pirschen will.

„Irgendetwas frisst dich auf jeden Fall auf", stelle ich fest.

„Wir sollten zurückfliegen", platzt er heraus.

„Zurück?"

„Nach Kadeema."

Ich starre ihn an und lasse meine aufsteigende Wut nach außen dringen. „Und was machen wir mit Sana? Sollen wir sie ganz allein auf Pacbar zurücklassen?"

Die Muskeln an Jors Kiefer zucken rhythmisch, als er die Zähne zusammenbeißt. Er bewegt sich erneut, als könnte er nicht still sitzen. „Ich schlage vor, dass wir gar nicht erst nach Pacbar fliegen. Wir fliegen direkt nach Kadeema zurück."

Der Drang, von meinem Stuhl aufzuspringen und ihn zu schlagen, ist so stark, dass ich darum kämpfen muss, sitzen zu bleiben. „Wir wären schon auf halbem Weg nach Kadeema, wenn du nicht gewesen wärst. Du bist derjenige, der gesagt hat ..."

„Ich weiß, was ich gesagt habe. Ich habe meine Meinung geändert."

Ast hat sich nach vorn gebeugt und die Ellbogen auf die Knie gestützt. Fragend hebt er eine Augenbraue. Ein hoffnungsvolles Lächeln umspielt seine Lippen. Er ist offensichtlich einer Meinung mit Jor.

Fuck. Ich hatte noch nicht einmal meine Zeit mit Sana und jetzt muss ich mir Sorgen darum machen, diese beiden allein zu lassen. Sobald ich den Raum verlasse, werden sie wahrscheinlich unsere Koordinaten verändern.

„Ich kann die Koordinaten sperren."

„Und ich kann sie überschreiben. Das hätte ich sowieso getan, sobald du gegangen bist."

„Sie hat gute Gründe, nach Pacbar zu wollen", sage ich. „Sie, eine Zapex, die uns als ihre neuen Master akzeptiert, ohne zu klagen oder zu kämpfen." Zapex setzen ihren Stolz über alles. Sie würden eher sterben, als sich einem geringeren Wesen zu unterwerfen. Und sie glauben, dass alle in der Galaxie, ja im gesamten Universum, geringere Wesen sind. Sie betrachten Monrok bestenfalls als Wachhunde. Aber Sana hat sich für uns entschieden und ich finde, unsere kleine *Verani* sollte für ihren Mut belohnt werden. „Sind wir es ihr nicht wenigstens schuldig, sie nach Pacbar zu bringen?"

Er schüttelt den Kopf. „Sie weiß etwas."

Seine leise gestotterten Worte überraschen mich. „Was meinst du damit?"

„Sie hat Hintergedanken, mit uns zu kommen, Banx. Du machst dir etwas vor, wenn du etwas anderes denkst. Das Erste, was sie zu mir gesagt hat, war, dass wir sie nach Pacbar bringen müssen. Sie wollte sofort dorthin. Sie weiß etwas."

„Sie hat uns schon gesagt, warum sie dorthin will", argumentiere ich, aber jetzt beschleichen mich Zweifel. Verdammter Jor.

Jor spottet. „Ich glaube, sie will vor den Einheitsrat treten, aber nicht aus den Gründen, die sie uns gesagt hat."

Sie ist eine junge, übermäßig behütete *Verani*. „Was kann sie schon wissen?"

„Ihr Master war im Hohen Rat des Königs. Die Möglichkeiten sind endlos."

Ich starre in den Weltraum und frage mich, ob es ein Fehler war, sie von Ak'ba mitzunehmen. Etwas in mir schreit *Nein*. Es ist dieselbe verdammte Stimme, die in dem Moment, als mein Blick auf sie fiel, zu mir sprach. „Warum fängst du jetzt damit an?"

Er zuckt mit den Schultern. „Du hast gefragt, was ich auf dem Herzen habe."

Verdammter *Hadhr*.

„Ändere den Kurs nicht, bis ich mit ihr gesprochen habe."

„Was ist, wenn sie es dir nicht sagen will?"

„Was ist, wenn das, was sie mir sagt" – und ich habe keinen Zweifel, dass sie mir sagen wird, was sie weiß – „die Mühe wert ist, sie so schnell wie möglich nach Pacbar zu bringen?"

Jor verschränkt stur die Arme vor der Brust.

„Also gut. Ändere die Koordinaten." Ich kann sie einfach wieder zurückändern. Wir sind für eine längere Reise gerüstet. Solange wir nicht von einem der vielen Zapex-Schiffe, die uns für das, was auf Akbar passiert ist, tot sehen wollen, aus dem Weltraum gesprengt werden, können wir von mir aus das nächste Solar lang im Weltraum herumschweben.

Ich stehe auf und gehe in Richtung Durchgang.

„Wohin gehst du?", fragt er.

„Wohin glaubst du?", rufe ich über meine Schulter. Ich bin nicht mehr in der Stimmung, mich mit ihm zu streiten.

„Banx?"

„Was?", schnauze ich irritiert von der Türschwelle.

„Was, wenn ihr die Pacbar die Freiheit gewähren? Nicht nur von den Zapex, sondern auch von uns?"

Ich schwanke auf den Fersen. Der Gedanke, dass Sana wählen könnte, uns zu verlassen, trifft mich wie ein Schlag. „Ich schätze, wir werden daran arbeiten müssen, dass sie nicht frei von uns sein will."

Es ist mir egal, ob sie mich als Master oder als Gefährten ansieht, solange sie sich als die Meine ansieht.

Die Entschlossenheit erfüllt mich mit jedem Schritt den Flur hinunter.

Die Kammer ist dunkel, als ich eintrete. Ich versuche, mich mit dem Hauptrechner zu verbinden, um das Licht einzuschalten, aber es scheint eine Fehlfunktion zu geben. Nach einem Augenblick passt meine Kybernetik meine Sicht an, sodass ich sehen kann.

Sanas Gesicht ist mir zugewandt, während sie auf Tawn schläft. So unschuldig. Was könnte sie schon wissen? Vielleicht benutzt sie uns. Aber vielleicht hat sie einen guten Grund dafür. Meine Brust zieht sich zusammen, als Zweifel an meinem Ohr flüstern.

Tawn lächelt mich von seiner Position auf der weichen Plattform aus an. „Du hast lange genug gebraucht."

Ich grunze daraufhin und fange an, mich auszuziehen, ohne meinen Blick von Sana abzuwenden. Ihre Schenkel sind über Tawns Taille gespreizt, sodass ihre Vorzüge voll zur Geltung kommen. Ich bin versucht, sie einfach so zu besteigen und sie mit dem Eindringen meines Schwanzes zu wecken, aber ich erinnere mich nur zu gut daran, wie eng ihre kleine Muschi um meine Finger war. Mein Schwanz ist dicker als die meisten und ich will sie nicht verletzen. Ich muss vorsichtig sein, aber meine Kontrolle hängt an einem seidenen Faden.

„Was ist mit dem Licht passiert?", frage ich, steige aus meiner Hose und schleudere sie zur Seite. Aus der Enge befreit tropft mein Schwanz mit reichlich Essenz. Ich drücke ihn und er zuckt in meinem Griff. Begierig. Zu begierig.

„Ich glaube, unsere kleine Gefährtin kennt das Ausmaß ihrer Kräfte noch nicht."

„Sie hat das Licht kurzgeschlossen? Mit dir?" Ein ungewöhnlich ungewohntes Gefühl brennt heiß und krank in meinem Bauch und ich möchte sie aus seinen Armen reißen.

Er schüttelt den Kopf. „Jor." Das erklärt das Flackern des Lichtes. „Wir müssen aufpassen, dass sie nicht alle Schaltkreise des Schiffes durchbrennt", sagt er grinsend, während er mit der Hand über ihren Po streicht.

Meine Hände sehnen sich danach, sie zu berühren. „Glaubst du, sie kann mich in sich aufnehmen?", frage ich Tawn.

Seine Augen strahlen. „Ich glaube, sie kann uns beide in sich aufnehmen."

Mein Schwanz zuckt bei diesem Gedanken. „Wir werden sehen." Ich habe immer noch meine Bedenken. Die Schamlippen ihres Geschlechts sind geschwollen und reif für die Paarung, aber ihre Öffnung sieht immer noch genauso unberührt aus, wie bevor die anderen sie erobert haben.

Tawn rutscht unter ihr heraus und sie schläft weiter zusammengerollt in der Decke. Ihr üppiger Hintern ist wie eine Opfergabe nach oben gestreckt. Etwas in mir krampft sich fest zusammen.

„Sie ist perfekt", sagt Tawn an meiner Schulter. „Es tut mir leid, dass ich an dir gezweifelt habe."

Ich grunze als Antwort und wende meinen Blick nicht von meinem Weibchen und ihren üppigen Kurven ab.

„Wir bringen sie nicht wirklich nach Pacbar, oder?"

Ich stöhne. „Du nicht auch noch."

Tawns Augen glänzen. „Sie hat Jors undurchdringliche Mauer durchbrochen, oder? Er sah ein wenig gebrochen aus, als er von hier wegging."

„Er glaubt, dass sie etwas weiß. Dass sie uns benutzt, um nach Pacbar zu gelangen." *Dass sie ihre Freiheit erlangen und uns verlassen wird.*

Tawn runzelt die Stirn, als er auf sie hinunterstarrt. Wahrscheinlich fragt er sich dasselbe wie ich, aber dann rollt sie sich auf den Rücken. Ihre Beine fallen sanft auseinander und es interessiert mich nicht mehr, ob sie hinterlistig ist oder nicht. Meine Kybernetik arbeitet im Eiltempo, um meinen Puls und meine Atmung zu beruhigen. Ich balle die Fäuste und löse sie wieder, während ich mein Verlangen unterdrücke, mich in meiner Not auf sie zu stürzen. Als die Monrok die Zapex-Daten über die Menschen entdeckten, waren wir alle am meisten an den Videos interessiert. Wir wollten sehen, wo und wie sie leben und wie sie sich im Alltag verhalten, und – verdammt noch mal – wie sie sich verpaaren. Einige luden mehrmals täglich neue Paarungsvideos auf ihren internen Datenspeicher hinunter.

Auch ich tat es eine Zeit lang. Sie waren faszinierend, aber es wurde unangenehm, die ganze Zeit mit einem steifen, tropfenden Schwanz herumzulaufen. Ich habe alles verschlungen, was die menschliche Datenbank zu bieten hatte. Ich fand ihre Fabeln am interessantesten. In der Jun'pn-Galaxie gibt es so viele Kulturen, die alle diese kleinen Geschichten haben, die sie ihren *Lingen,* oder Kindern, erzählen und es scheint, dass die Menschen nicht anders sind. Ich habe sie alle in meinem Datenspeicher überflogen und mich gefragt, welche davon mir erzählt worden wären, wäre ich auf diesem isolierten Planeten aufgewachsen.

Sana erinnert mich an ein paar dieser Fabeln. Sie ist eine Prinzessin, die gerettet werden muss. Aber ich spüre, dass so viel mehr in ihr steckt. Ich traue ihr zu, eine Kriegerin zu sein, weiblich oder nicht. *Verani* oder nicht. Deshalb werde ich sie nach Pacbar bringen, wenn sie dorthin will. Und wenn ihr die Freiheit gewährt wird, werde ich sie und ihre Wünsche respektieren. Obwohl die

Versuchung, sie auf einen verlassenen Planeten in den Weiten des Universums zu entführen und für immer zu verstecken, groß ist. Vor allem, wenn ich sie so sehe.

Auf dem Rücken liegend mit gefächertem Haar, ist sie wie Dornröschen, die auf ihren Kuss wartet.

Aber ich bin kein menschlicher Prinz und sie wird durch viel mehr als nur einen keuchen Kuss von mir geweckt werden.

Mein Schwanz tropft stetig vor Vorfreude. „Mach sie bereit für mich", sage ich zu Tawn. Wenn ich sie berühre, sie schmecke, werde ich die Kontrolle verlieren.

Seine Augen leuchten auf, als er sich zurück auf die Plattform begibt. „Mit Vergnügen."

Ich knurre und muss mich beherrschen, ihn nicht von Sana wegzureißen, obwohl ich ihn gerade gebeten habe, sie für mich vorzubereiten.

Ich sollte mir Sorgen machen, weil dieses Weibchen mich so außer Kontrolle bringt. Es sollte mich beunruhigen, dass sie eine Schwäche ist, von der ich nie wusste, dass ich dazu fähig bin. Aber das tut es nicht. Seit ich sie zum ersten Mal auf dieser Bühne gesehen habe, weiß ich im Innersten meines Wesens, dass sie mir gehört.

Jenseits von Logik und Verstand.

Jenseits aller Zweifel.

Sie gehört *mir*.

SANA

Unsinnige Träume und Visionen von einem Ort, an dem hellgrünes Gras auf blassblauen Himmel trifft, treiben an mir vorbei, während ich an die Oberfläche des Bewusstseins schwebe. Weiche Lippen und schwielige Hände erwecken meinen Körper, bevor mein Verstand die Chance dazu hat. Zähne kratzen über meine zarten Brustwarzen. Sie lecken und saugen an meinem Hals. Eine Zunge leckt an meiner Muschi; die Stoppeln eines Kiefers kratzen über mein empfindliches Fleisch, bevor sie sich wieder entfernen.

Ich erkenne die Stimmen von Tawn und Banx. Meine Augen sind immer noch geschlossen, aber ich weiß, dass sie es sind. Ich habe so wenig Zeit mit meinen vier neuen Mastern verbracht, aber ich glaube, mein Geist hat sie schon immer gekannt und mein ganzes Leben lang auf sie gewartet. Sie sprechen in leisen Tönen. Sie diskutieren, wie sie mich zurechtrücken sollen. Ich versuche, vor Vorfreude nicht zu lächeln.

Jetzt, da ich miterlebt habe, wie drei meiner Monrok mich in Besitz genommen haben, bin ich auf den vierten gespannt.

„Ich weiß, dass du wach bist, Kleines", sagt Banx, als er mich auf der Plattform zurechtrückt.

Ich lasse meine Wimpern aufflattern. Meine Augen gewöhnen sich schnell an den dunklen Raum. Banx schiebt meine Schenkel schmerzhaft weit auseinander und lehnt sich auf die Fersen zurück. Ich atme angesichts der schieren Begierde auf seinem Gesicht zischend ein. Er ist angespannt, wild vor Hunger, während er auf den Scheitelpunkt meines Wesens starrt.

„Halte die Beine gespreizt", sagt er. Seine Stimme ist ein leises Grollen. „Wenn du deine Schenkel schließt, wirst du bestraft werden."

Einen Moment lang denke ich daran, genau das zu tun und zu sehen, ob er mir den Hintern versohlt, wie Jor es getan hat. Aber dann beginnt sein Arm sich zu bewegen.

Ich schaue nach unten und sehe, dass er seinen Schwanz mit der Hand gepackt hat. Seinen *riesigen* Schwanz.

Fast hätte ich die Knie aus einem viel weniger verspielten Grund geschlossen. Jors frühere Warnung kommt mir wieder in den Sinn, als mir Gedanken an Flucht durch den Kopf schießen.

Tawn, der immer noch im Zimmer ist, stellt sich neben mich und schiebt seine Finger in mein Haar. „Ganz ruhig. Er muss sich nur etwas abreagieren, damit er dir nicht wehtut.“

Das Biest zwischen Banx' Beinen tropft heiße Essenz auf meinen Bauch, während seine Faust in schnellen wütenden Zügen arbeitet. Mein Mund wird trocken. Flüssige Lust tropft bei seiner wilden Zurschaustellung aus meinem Innersten, auch wenn mich das Flüstern der Angst verhöhnt.

„Fingere ihre Fotze“, fordert Banx und erschreckt mich, aber Tawn schiebt seine Hand hinunter zu meiner Öffnung. Wir sehen alle zu, wie er zwei seiner Finger in mich schiebt.

„Sie ist so verdammt nass“, stöhnt er.

„Nimm noch einen Finger“, befiehlt Banx schroff und mein Atem stockt, als Tawn einen weiteren dicken Finger in mich stößt. Er bewegt sie zweimal, bevor er die Fingerkuppen über mein empfindlichstes Band reibt. Dann wiederholt er es.

„Bist du fast bereit für mich? Ich kann dein Verlangen riechen. Deine Muschi glänzt davon.“ Banx hört sich an, als hätte er Schmerzen, als er das sagt. Seine Augen verlassen die Stelle nie, an der Tawns Finger mich ficken. Und mein Blick konzentriert sich auf den überwältigenden Anblick seiner Lust, während er sich in schnellen Bewegungen selbst reibt.

Mit rasendem Herzen greife ich nach unten, um meine Hand über seine zu legen, auch wenn mir die Angst im Bauch kribbelt.

Er hält nur einen kurzen Moment inne, um unsere Handpositionen zu tauschen, sodass meine Finger und Handfläche auf seinem nackten Fleisch liegen und seine schwielige Faust meine bedeckt. Mein Daumen und meine Zeigefinger berühren sich nicht einmal annähernd und das Geräusch, das er von sich gibt, als ich fest zudrücke, ist halb schmerzhaftes Grunzen, halb Knurren.

Mit Banx' Faust über meiner, zeigt er mir, wie er sein hartes, heißes Fleisch gerubbelt haben will. Mein Inneres krampft sich mit demselben Bedürfnis zusammen wie zuvor, als ich Jor verwöhnte. Banx so zu sehen und zu spüren, wie sein Bedürfnis unter meiner Handfläche zuckt und anschwillt, lässt mich danach verlangen, gefüllt zu werden.

Tawn muss es merken, denn er beschleunigt seine Bewegungen, bis meine Bänder zu vibrieren beginnen und meine Hüfte sich hebt. Es ist ein stummes Flehen nach mehr. Mein Atem stockt und mein Körper zittert.

Banx erwischt mein Knie, bevor ich es schließen kann. „Spreize sie. Halte sie gespreizt", knurrt er. „Ich will deine Muschi sehen, wenn du kommst."

Bei seinen Worten zieht sich mein Inneres zusammen und zuckt um Tawns Finger. Instinktiv hebe ich meine Hüfte und spreize meine Knie weit für Banx' hungrigen Blick auf, als mein Orgasmus durch mich hindurchschießt.

Ich schreie auf, als Tawn mich durch meinen Höhepunkt in einen weiteren fickt. „So ist es gut, mein Schatz", sagt er. „Komm auf meinen Fingern." Er beugt sich hinunter und saugt hart an meiner Titte, bevor er in meine Brustwarze beißt. Ein heftiges Gefühl der Lust durchzuckt mich und lässt einen feinen Schweißfilm auf meinem Körper ausbrechen. Ich zittere und presse die Hand um Banx' Länge zusammen.

Banx' Kiefer zuckt. Er wirft den Kopf zurück, als sein Schwanz in meinem Griff pulsiert. Lange Ströme seiner Essenz bedecken mich von meinem Schamhügel bis zu den Brüsten. Und dann ist er da und stößt Tawns Hand aus dem Weg, um sie durch seine immer noch harte Länge zu ersetzen. Mit einem konzentrierten Stirnrunzeln drückt er gegen meine Öffnung. Seine breite Spitze stößt durch meinen ersten Ring und unser gemeinsamer Höhepunkt hilft, ihn hineingleiten zu lassen. Jetzt bin ich an der Reihe, die Zähne zusammenzubeißen. Ich wimmere und will meine Schenkel schließen, als ob das den dehnenden Schmerz irgendwie lindern würde.

„Fuck", flucht er. „Du bist zu klein."

In seinen Worten liegt so viel Frustration, dass ich weinen möchte. Ich schüttle den Kopf und greife nach seinem Unterarm. Ich versuche, ihn auf mich zu ziehen, damit ich ihn festhalten kann.

„Ich bin für dich gemacht." Das Brennen der Dehnung hat sich bereits in einen pochenden Puls verwandelt, der hitzige Lust durch mich schießt. „Ich will mehr. Ich kann dich aufnehmen."

Seine Nasenlöcher beben. „Ich versuche, dich nicht zu verletzen. Du darfst mich nicht in Versuchung bringen ..."

„Mehr", sage ich und neige mein Becken, um ihn etwas tiefer aufzunehmen.

Er gibt einen erstickten Laut von sich, der zu einem Knurren wird, als seine Schwanzspitze durch einen weiteren Ring stößt. Er packt meine Hüfte so fest, dass ich weiß, ich werde Blutergüsse davon bekommen.

„Bitte", flehe ich. „Ich will dich in mir spüren. Alles von dir."

Er stützt sich mit einer Hand neben meinem Kopf ab und hält mich mit der anderen immer noch fest, als er tiefer eindringt. Er zieht sich zurück und stößt wieder nach vorn, wobei er meinen letzten Ring durchstößt. Er lässt sich nach vorn fallen und presst seine Stirn an meine, während er keucht.

„Sag mir, dass du bereit bist, dass ich mich bewege. Ich muss deine heiße, kleine Fotze ficken. Dich als mein Eigentum markieren."

Ich schlucke und versuche, mich unter ihm zu bewegen, aber seine Hüfte presst meine nach unten. Ein bedürftiges Wimmern entweicht meiner Kehle, aber er lässt mich immer noch nicht los. „Ich bin bereit."

Er schüttelt den Kopf, als würde er mir nicht glauben. „Sei dir sicher. Ich werde mich nicht beherrschen können."

Ich greife mit Fäusten in sein Haar und schlinge meine Beine um seine breite Taille. „Vielleicht will ich gar nicht, dass du dich beherrschst."

Er starrt mich einen undefinierbaren Moment lang an. „Genau das wollte ich tun, seit ich dich auf dieser Bühne gesehen habe. Dich verdammt noch mal in Besitz nehmen."

Er zieht die Hüfte zurück. Das Gleiten seines Schwanzes macht mich wahnsinnig, als er sich meiner Scheide entzieht und dann wieder hineinstößt. Und dann ist sein Mund auf meinem. Banx' Kuss raubt mir den Atem. So wie der Mann, überwältigt mich sein Kuss und nimmt mich in Besitz. Er erschüttert mich und vereinnahmt mein Wesen.

Mit einem Knurren reißt er sich aus mir heraus und dreht mich auf den Bauch. Er zieht mich zurück und spießt mich von hinten mit seiner Länge auf.

Ein Schrei entspringt meiner Kehle, als er sich so tief in mir vergräbt, dass seine Hüfte gegen meinen Arsch klatscht. Einmal. Zweimal. Dreimal. Er packt mein Haar und zieht mich gegen seine Vorderseite.

„Schau dir meinen armen Bruder an", dröhnt Banx' Stimme an meinem Ohr, während er seinen Schwanz mit langen Stößen in mir bewegt, sich mir fast ganz entzieht, bevor er erneut tief hineinstößt.

Vor uns kniet Tawn auf der Plattform. Er hockt mit dem Rücken an der Wand und hat die Knie weit gespreizt. Er schaut uns mit verschleiertem Blick zu und hält seinen tropfenden Schwanz in der Hand. Mein Herz stockt bei diesem Anblick.

„Ich wette, er will, dass ich dich teile. Ich wette, er will deine winzig kleine Fotze selbst noch einmal füllen." Ich wimmere, als er meine Brüste packt, die harten Brustwarzen neckt und mit seinen Zähnen über meinen Hals gleitet. „Willst du, dass ich dich teile, Sana? Willst du seinen Schwanz nehmen, während du meinen spürst?"

Ich hebe meinen Blick, als Tawn sich vor mir niederlässt und noch immer seinen Schwanz reibt. Mein Puls rast, bevor er in einem wahnsinnigen Rhythmus in meiner Brust tobt. „Zur gleichen Zeit?"

„Besorgt?" Banx' Glucksen ist ein tiefes, verruchtes Grollen.

„N-nein", stottere ich und nicke dann. „Doch. Ich weiß nicht, ob ich euch beide gleichzeitig aufnehmen kann."

„Oh, du wirst uns beide nehmen. Du wirst uns alle nehmen. Mich, Tawn, Jor und Ast. Wir werden dich ausfüllen, bis du nicht mehr weißt, wie du ohne uns ganz sein kannst."

Ein Schauer durchfährt mich. Ich glaube, ich fühle mich bereits jetzt so.

„Gefällt dir dieser Gedanke, meine kleine *Verani*?"

„Ja, Master."

„Gut." Er drückt mich nach vorn und presst seine riesige Pranke zwischen meine Schultern. „Ich will sehen, wie du deine Lippen um seinen Schwanz schließt."

Ein Schauer läuft mir über den Rücken. Banx spielt mit dem Daumen mit meiner kleinen Rosette, während er seine riesige Länge aus mir herauszieht und sie wieder hineinstößt. Ein verzweifeltes Stöhnen entspringt meiner Kehle und ich kralle meine Hände in die weiche Bettwäsche.

Tawn positioniert sich vor meinem Mund und wie bei Jor reibe ich meine Lippen über seine Eichel und schmecke seine süße Essenz, bevor ich mit der Zunge herausschnippe.

„So ist es gut, *Du'rah*", sagt Tawn zu mir. „Schmecke, wie sehr ich deinen Schmollmund auf meinem Schwanz spüren will."

Banx gleitet tief hinein und zieht mein Haar zu einer Seite. „Zeig uns, wie tief du ihn schlucken kannst."

Experimentell führe ich Tawns Schwanz bis zum hinteren Teil meiner Kehle, bevor ich ihn wieder bis zur Spitze herausziehe.

„So verdammt schön", murmelt Banx, während sein Schwanz in mir zuckt.

Angestachelt tue ich es noch einmal und dieses Mal sauge ich so stark, dass meine Wangen hohl werden.

Tawn flucht und reißt an meinem Haar, aber ich sauge ihn nur noch fester und weigere mich, ihn loszulassen.

„Ich glaube, wir haben ein unanständiges, kleines Weibchen." Banx klatscht mit seiner breiten Handfläche auf meinen Arsch.

Ich würge an Tawns Länge, ziehe mich zurück und keuche. Eine pochende Hitze breitet sich aus, als Banx die

Stelle knetet, die er versohlt hat, bevor er den fleischigen Teil meines Hinterns erneut schlägt.

Ich drehe meine Hüfte auf ihm und bettle leise nach mehr. Er flucht, packt meine Seiten, um mich an Ort und Stelle zu halten, und ich spanne meine inneren Muskeln an. Auf seiner massiven Länge können sie nicht mehr tun, als zu flattern. Er stockt trotzdem in seinen Stößen, bevor er mit kräftigen Bewegungen in mich eindringt, während er erst die eine Seite und dann die andere Seite meines Arsches versohlt.

Ich summe vor Lust und sauge Tawn erneut so tief wie möglich in meinen Mund. Ich genieße das Wissen, dass beide Monrok mich ausfüllen. Mich begehren. Meine inneren Ringe beginnen so stark zu vibrieren, dass ich sie summen hören kann.

Beide Monrok fluchen.

Tawn schiebt seine Hände in mein Haar. Streunende Strähnen streicheln seinen Arm und seine Brust, während er einen sanften Rhythmus vorgibt und in meinen Mund stößt.

Banx drückt seine Finger in meine Hüfte, aber es ist nichts Sanftes daran, wie er in mich stößt. Seine Schenkel zittern, wo sie gegen meine drücken. Ich kann nicht verhindern, dass das Keuchen und Stöhnen aus meiner Kehle entspringt, während ich darum kämpfe, mich zu konzentrieren und Tawn so viel Lust mit meinem Mund zu bereiten, dass auch er die Kontrolle verliert.

Eine Vielzahl von Visionen bombardiert mich, aber ausnahmsweise versuche ich, sie abzublocken, anstatt mich darauf zu konzentrieren. Ich will nicht, dass sie in diesen Moment eingreifen. Nicht ihre Vergangenheiten. Nicht ihre Zukunftsbilder von grünem Gras und blauem Himmel. Nicht die elegante, lichtdurchflutete Stadt.

Nasses, gieriges Klatschen und Grunzlaute hallen um uns herum, sodass mir fast schwindlig wird. Die Visionen wirbeln auf und verblassen dann.

Ich wimmere, als sich mein Inneres auf vertraute Weise zusammenzieht. Ich bin so nah dran.

„Du darfst erst kommen, wenn wir es tun." Banx schlägt mit der Hand auf meinen Hintern, was mein Verlangen nur noch steigert.

Mit einem Schrei ploppt Tawns Länge aus meinem Mund. „Bitte." Mein Orgasmus ist so nah, dass mein Körper zittert.

Tawn reibt mit dem Daumen über meine Unterlippe. „Fuck, du bist so wunderschön. Ich möchte in deinem Mund kommen. Willst du das, meine liebe Sana?" Auf mein eifriges Nicken hin zieht er mich wieder auf sich. Ich sauge ihn ernsthaft hinein, schlinge meine Faust um seinen Ansatz und reibe ihn so fest ich kann.

Tawn kommt schnell und hält mich auf seinem Schwanz fest, bis meine Augen tränen, während er seine Essenz in meine Kehle spritzt. Ich klammere mich an seine Hüfte und ziehe mich zurück, keuchend, während mein Körper im Orgasmus bebt, bevor ich es darf. Meine Bänder ziehen sich zusammen und krampfen um Banx' Schwanz.

Er schlingt seine Arme um mich und zieht mich an sich, als er sich zu verknoten beginnt.

Ich schreie angesichts des wachsenden Drucks, greife nach hinten um seinen Nacken und packe sein Haar. Ich kann mich nicht bewegen, aber er auch nicht. Sein bestialischer Schwanz verknotet sich und ich kann nicht atmen.

Er vergräbt sein Gesicht an meinem Hals und beißt leicht hinein. „Fuck, Sana", stöhnt er. Er stößt mit der Hüfte und mein Bauch verkrampft sich, als Wärme in mich spritzt.

Tawn beugt sich vor und saugt an einer meiner Brüste, die unter Banx' Armen hervorschaut, dann beißt er in meine Brustwarze.

Ich explodiere in einem weiteren Orgasmus, mein Innerstes verkrampft sich.

Banx brüllt und schnürt mir den Atem ab, als er noch heftiger kommt als zuvor. Er füllt mich bis zum Überlaufen, seine Essenz tropft seitlich heraus und läuft an meinen Schenkeln hinunter.

Tawn presst seine Lippen auf meine und ich grabe meine Faust in sein Haar, während ich Banx hinter mir festhalte. Banx dreht sich um und zieht uns auf die Seite, während ich immer noch in seiner Umarmung liege. Tawn streckt sich vor mir aus, streichelt mich und wirbelt seine Finger in mein Haar, während meine Locken seine Liebkosungen erwidern.

Banx presst die Lippen auf meine Schläfe, so zärtlich, dass es schmerzt. Ich habe mich noch nie so sehr geschätzt gefühlt.

„*Du'rah*", raunt Banx in mein Ohr. „Du bist unsere perfekte Gefährtin. Meine Seele hat dich auf den ersten Blick erkannt. Ich wusste bis zu diesem Moment nicht einmal, dass ich eine Seele besitze."

Tränen brennen in meinen Augen und ich schmiege mich an ihn.

„Sana?", fragt er.

„Hmm?"

„Verrätst du mir den wahren Grund, warum du nach Pacbar musst?"

Ich versteife mich.

„Was verheimlichst du uns, *Du'rah*?" Seine Stimme ist rau, als müsste er sich zu der Frage zwingen. Als wäre es schmerzhaft, sie zu stellen.

In seinen Armen erstarrt, wage ich es nicht zu atmen.

Du'rah, nennt er mich. *Meine Angebetete.* Und es tut weh. Es tut weh, weil er mein Schweigen als Lüge ansehen wird. Ich weiß, dass es so ist. Ich habe es noch nie auch nur zu träumen oder zu hoffen gewagt, dass jemals jemand einen solchen Kosenamen für mich verwenden würde. Und noch nie habe ich mir ausgemalt, wie sehr es all die Leere in mir füllen würde, von der ich nicht wusste, dass sie existiert.

Wie kann ich diesen Monrok, diesen mächtigen Wesen, die mein Volk bereits hassen, sagen, dass ich das größte Geheimnis von allen nach Pacbar trage? Das Geheimnis, das alle Geschöpfe der Jun'pn-Galaxie retten kann, aber in den falschen Händen zur Zerstörung der Zapex führen würde.

Kapitel Sechs

SANA

Die Tür öffnet sich mit einem Zischen und erschreckt mich. Wir alle drehen uns um.

Jors Silhouette zeichnet sich im Licht des Ganges ab. Ein Schatten verdunkelt sein Gesicht. „Die Flotte der Galaktischen Einheit hat uns umzingelt."

Tawn setzt sich auf. „Was ist passiert?"

„Unser kleiner Zwischenfall auf Ak'ba wurde gemeldet. Wir sind zu einem galaktischen Problem geworden."

„Die Hauptstadt hat eine ganze *Flotte* geschickt, um uns einzufangen", sagt Ast und lehnt sich an den Türrahmen. „Da wir nicht alle am Steuer waren, konnten sie uns relativ schnell in ihr Schleppfeld ziehen."

„Sie haben nicht versucht, an Bord zu kommen?", fragt Banx.

„Sie sind klüger als das", antwortet Ast mit einem Schmunzeln in der Stimme.

Tawn steigt von der Plattform und greift nach seiner

Hose. Banx setzt sich mit mir auf dem Schoß auf. Jor drückt auf einen Sensor und ein Hologrammvideo erscheint an der Wand neben der Plattform, auf der Banx und ich aneinandergekuschelt sitzen.

„Wer ist das?"

Vor uns schwebt die Projektion eines blassen, hellhäutigen Wesens mit Nasenschlitzen, großen schwarzen Augen, die meinen eigenen ähneln, und scheibenförmigen Auswuchtungen an beiden Seiten des Kopfes. Er trägt eine weiße Tunika und ist nur von der Taille aufwärts zu sehen. Er spricht in einer sanften, melodischen Sprache, die ich noch nie gehört habe.

„Er ist ein *Pacnari*", erklärt Banx. „Er ist ein Vertreter der Galaktischen Einheit."

„Was sagt er?", frage ich. „Ich verstehe es nicht."

Jor spielt das Video noch einmal ab, dieses Mal mit der Übersetzung auf Zapexisch.

„Monrok", sagt der Vertreter. „Sie haben eine illegal erworbene *Verani* an Bord, die von den Zapex-Behörden gesucht wird. Sie werden das Weibchen innerhalb einer Viertelschicht an die Galaktische Einheit ausliefern oder wir werden keine andere Wahl haben, als Ihr Schiff mit allen an Bord zu zerstören. Die galaktische Einheit hat den größten Respekt vor unserer Allianz mit den Monrok, wir müssen jedoch die Gesetze der Galaxie einhalten."

Mein Herz wird schwer. Sind *das* meine einzigen Möglichkeiten? Der Tod an Bord dieses Schiffes oder die Auslieferung an die Zapex, um auf Jar'jn dem Tod ins Auge zu sehen?

Meine Chance, mit dem Rat zu sprechen, verweht wie Asche im Wind.

Banx schlingt die Arme fester um mich, bevor er mich an der Hüfte packt und von meinem Körper gleitet. Er setzt mich in der Mitte der Plattform ab und steht auf. Irrationalerweise fühlt es sich wie ein Verlassenwerden an. Meine Monrok ziehen sich bereits von mir zurück. Bald werde ich wieder allein im Universum sein. Mit einem Zucken setze ich mich auf die Knie und raffe die seidige Decke um meinen Körper.

Ich spüre Asts Blick auf mir, der in der Tür steht, und schaue ihm in die Augen. „Es ist in Ordnung. Ich werde freiwillig gehen."

Er schüttelt den Kopf. „Ich werde dich an niemanden ausliefern." Er schaut zu Jor, Tawn und Banx. „Ich sage, wir überlassen sie ihnen nicht kampflos."

Tawn und Banx wirken nachdenklich, aber Jor spottet. „Und ich sage, du bist ein Narr."

„Würdet ihr sie lieber ausliefern?"

„Natürlich nicht", schnauzt Jor und überrascht mich. Er ballt die Fäuste und löst sie wieder. Wütend fährt er sich mit der Hand durch die Haare. Dann sieht er mich mit seinen *Tash*-steinblauen Augen an. Trostlos. Verzweifelt.

Wenn ich mich nicht irre, empfindet mein widersprüchlicher Master Zuneigung für mich. Die Erkenntnis erschüttert mich, fügt mich wieder zusammen und gibt mir neue Hoffnung.

„Gibt es eine Möglichkeit, mit dem Vertreter zu sprechen, bevor ich mich ihnen stelle?", frage ich. Denn, dass wir alle getötet werden, ist kein akzeptables Schicksal. Meine Monrok haben schon zu viel durchgemacht. Sie verdienen etwas Frieden, und ich auch.

Jor nickt. „Der beste Ort für offene Kommunikation ist der Kontrollraum."

Mit der Decke an meine Brust gepresst, stolpere ich von der Plattform in Richtung *Bak*, aber Jor baut sich vor mir auf.

„Was wirst du ihnen sagen?"

Ich strecke die Hand aus und streiche mit den Fingern über die gezackte Narbe, die sein Gesicht in zwei Hälften teilt. Eine Narbe, von der ich dank meiner Visionen weiß, dass ein Zapex sie ihm zugefügt hat.

„Die Wahrheit. Ich werde euch allen die Wahrheit sagen."

JOR

Unser stolzes Weibchen steht tapfer vor dem Monitor. Sie hat die Schultern durchgedrückt und das Haar fließt in Wellen schnippend königlich um sie herum. Die kleine *Verani* ist nervös, aber sie zeigt es nicht. Sie hat sich eins unserer schwarzen T-Shirts angezogen, das ihr fast bis zu den Knien reicht.

Banx legt eine unterstützende Hand auf ihre Schulter. Tawn und Ast stehen an ihrer anderen Seite. Ich befinde mich außerhalb des Blickfelds des Monitors und stütze mich mit der Hüfte gegen die Schalttafel.

Seit die Flotte der Galaktischen Einheit uns umzingelt und unsere Schilde deaktiviert hat, spüre ich einen hohlen Schmerz in meiner Brust. Der Schmerz wird immer quälender und brennt in meinem Bauch, während der Zeitpunkt, zu dem wir Sana in den Gewahrsam der Galaktischen Einheit geben, immer näher rückt.

Wenn die sie an die Zapex, die sie geschlagen haben, ausliefern, werde ich sie alle töten.

Unser Kommunikationssignal wird von demselben erbärmlichen Pacnari beantwortet, der die Warnung gesendet hat. Er starrt Sana unverhohlen an und ich erinnere mich an den Schock, als ich sie das erste Mal auf Ak'ba sah. Sie ist hinreißend. Er fängt sich, als er kurz davorsteht, sich zu verbeugen, und räuspert sich.

„Hochwohlgeboren", spricht Sana ihn an.

„Sie können mich Pan nennen." Die Lippen des Pacnari bewegen sich, doch es kommt etwas ganz anderes heraus. Ich habe die Übertragung auf automatische Übersetzung für Sana eingestellt. Als Monrok mussten wir so etwas noch nie benutzen. Wir sprechen über tausend Sprachen und können jederzeit jeden unbekannten Dialekt in unserer Datenbank speichern.

„Vielen Dank, Pan." Sana neigt ihren Kopf leicht. „Ich bin Sana, ehemals aus dem Haus Kechlyn. Ich weiß nicht, was die Zapex-Behörden von mir wollen, aber ich kann es mir denken. Ich weiß, was der Hohe Rat der Zapex für die Jun'pn-Galaxie geplant hat. Ich habe auf der Flucht von Jar'jn mein Leben riskiert und gehofft, Pacbar zu erreichen. Es ist zwingend erforderlich, dass ich mit dem Galaktischen Einheitsrat spreche."

Der Pacnari runzelt die Stirn und kneift die Augen zusammen. „*Ehemals* aus dem Hause Kechlyn, sagen Sie? Die Zapex sehen das anders. Hat Lord Kechlyn Sie an einen anderen weitergegeben?"

Sanas Haar strömt in Wellen aus. Mit nach unten gestreckten Handflächen schwebt sie von der Stelle, an der sie steht, hoch. Pans Augen weiten sich und er tritt einen Schritt zurück, als wäre er persönlich Zeuge und nicht auf einem Monitor zu sehen. „Ich bin *Verani*", erklärt sie stolz. „Ich habe mich selbst befreit."

Irgendwo hinter ihm ist Pacnari-Gemurmel zu hören und jemand fragt: „Kann sie das machen?"

Das Stirnrunzeln auf Pans Gesicht vertieft sich. „Und die Monrok?"

„Sind ihre Gefährten", sagt Banx, während Sana gleichzeitig antwortet: „Sie haben mich gerettet."

„Und sie erheben Anspruch auf Sie?"

Sie nickt. „So wie ich Anspruch auf sie erhebe."

„Sie – eine *Verani* – eine selbsterklärte, freie *Verani* erheben Anspruch auf die Monrok als Ihre Gefährten?"

„Ja. Ich beanspruche diese Monrok *aus freiem Willen* als meine Gefährten." Ihr Blick schweift über uns alle, als würde sie uns herausfordern, ihr zu widersprechen.

Etwas in meinem Bauch zieht sich zusammen.

Ich weiß, was es heißt, sich nach Freiheit zu sehnen. Wer bin ich, ihr das zu verwehren, wenn es das ist, was sie sich wünscht? Sie gehört immer noch in jeder anderen Hinsicht uns.

„Die Monrok? Sie haben sich mit *vier* Monrok verpaart?", fragt er noch einmal, als würde er es nicht ganz glauben. Pan stößt einen langen Seufzer aus. „Diese Situation muss geklärt werden. Ich gewähre Ihnen eine Audienz beim Einheitsrat, der dann über Ihr Schicksal mit den Zapex entscheiden kann. Aber ich warne Sie, es wird eine öffentliche Anhörung sein. Und bis dahin müssen Sie sich in unsere Obhut begeben."

„Dürfen meine Monrok mich begleiten?", fragt sie. Ein Hauch von Verletzlichkeit schwingt in ihrem Tonfall mit.

Banx greift nach ihrer Hand. Ast und Tawn rücken näher, sodass sie sie beide irgendwie berühren. Und obwohl ich weiß, dass die Pacnari überwiegend friedlich sind, möchte ich sie alle vernichten, weil sie Sana in diese Lage gebracht haben.

Während wir auf Pans Antwort warten, stockt mir die Luft in der Lunge. Ich habe keinen Kontrollchip mehr und bin viel mächtiger als jedes Wesen, das sie auf ihren

Schiffen haben, aber meine Haut juckt und kribbelt bei der Vorstellung, eingesperrt zu sein.

„Sie müssen an Bord ihres Schiffes bleiben, aber wir eskortieren sie gern nach Pacbar. Sie dürfen bei der Anhörung erscheinen."

„Ich danke euch, Hochwohlgeboren." Sana verbeugt sich anmutig, ihr Haar fließt in ruhigen Wellen.

„Wir werden andocken", warnt Pan. „Bitte schicken Sie die *Verani* ohne Eskorte hinüber." Dann, wie ein nachträglicher Einfall, fügt er hinzu: „Wir wünschen Ihnen und dem Weibchen nichts Böses. Vergeltungsmaßnahmen jeglicher Art sind nicht nötig."

Ich schnaube. Wenn sie uns besänftigen wollten, würden sie Sana gar nicht erst wegnehmen. Sie würden den Zapex sagen, dass sie sich selbst ficken können.

Ich stoße mich von der Schalttafel ab und trete direkt vor das Kommunikationsvideo. Ich lehne mich ganz nah heran, bis ich den Bildschirm ausfülle und alles hinter mir verschwindet.

Pan weicht einen Schritt zurück, seine Nasenschlitze beben und ein Grinsen umspielt meine Lippen.

„Eine letzte Sache, Pacnari. Wir werden unser Weibchen *vorübergehend* in Ihre Obhut geben. Aber Sie sollten wissen, dass wir allen unseren Kameraden von dieser Beschlagnahmung berichtet haben. Verarschen. Sie. Uns. Nicht."

Ich schließe die Kommunikationsverbindung. Der Bildschirm flackert mit Pans offenem Mund auf, die Scheiben an beiden Seiten seines Kopfes glühen golden und vibrieren.

Unser Schiff wackelt, als sie sich auf unsere Luftschleuse ausrichten. Ich hasse es, dass die *Hadhrs* uns in ihrem Kraftfeld gefangen halten.

Das beengende Gefühl der Beklemmung drückt wieder einmal auf meine Brust und schnürt mir die Kehle zu.

Ich möchte auf diesem Schiff hin und her pirschen. Oder noch besser, auf das Schiff, das an unserem andockt, stürmen und jedes Wesen in Sichtweite vernichten. Stattdessen beobachte ich, wie sich Tawn, Ast und Banx nacheinander mit langen Küssen und sanften Liebkosungen von ihr verabschieden. Banx warnt sie vor Dingen, die sie nach ihrer Übergabe erwarten könnten. Sie alle versichern ihr, dass sie sie wiedersehen werden.

Sie kommt auf mich zu, aber ich drehe mich um und gehe den Gang hinunter zur Luftschleuse, an der das Schiff der Galaktischen Einheit andockt.

Meine Kybernetik kann das quälende Gefühl in meinem Inneren nicht lindern, das zunimmt, je näher wir den Türen kommen, die Sana aus unserem Schutz entziehen werden. Weg von uns.

Als ich mich an der Tür umdrehe, ist sie da und streckt sich nach oben. Ich atme ihren berauschenden Duft ein, als sie sich an meinen Hals schmiegt und ihr Gesicht an meiner Wange reibt, eine Art der Zuneigung, die mir nicht vertraut ist.

„Ich würde gern einen Moment mit Jor allein sein", sagt sie zu den anderen, die sich hinter ihr versammelt haben. Keiner von ihnen scheint besonders glücklich darüber zu sein. Asts Blick ist fast meuternd. Banx zeigt das meiste Verständnis, als wüsste er genau, warum sie um ein Gespräch unter vier Augen mit mir gebeten hat. Er zieht sie zu einem Kuss heran, der so alles verzehrend ist, dass mein Schwanz zuckt, wenn ich nur dabei zusehe. Tawns Kuss ist viel zärtlicher und Ast ... nun, er muss von ihr weggezogen werden.

Aber schließlich gehen sie den Gang hinunter, wobei

sie häufig über ihre Schultern zurückschauen. Erst als sie außer Sichtweise sind, wendet sie sich mir zu.

„Die Zapex haben vor, Pacbar zu stürzen", sagt sie.

Ich schüttle den Kopf. „Dieses Gerücht habe ich schon gehört. Alle Monrok haben es gehört." Wir haben es bei unseren Verhandlungen mit dem Einheitsrat benutzt, als wir unsere eigene Freiheit anstrebten. Aber keiner von uns glaubt wirklich, dass die Zapex eine Bedrohung darstellen, wenn sie uns nicht unter ihrer Kontrolle haben. „Wenn das dein großes Geheimnis ist ..."

„Weißt du, dass Jar'jn im Sterben liegt? Dass es von Jahrhundert zu Jahrhundert dunkler wird und die Berge so weit angestiegen sind, dass das bewohnbare Land knapp wird."

Ich wippe auf meinen Fersen zurück. „Was?"

„Sie sind verzweifelt." Ihre Gedankenbarriere verschwindet und ich werde von ihren Emotionen und ihrem Duft überrollt, ohne dass sie etwas verbirgt. „Der Hohe Rat will nicht nur die Jun'pn-Galaxie übernehmen, sondern mindestens die Hälfte der Bevölkerung ausrotten. Und sie haben eine neue Technologie, mit der das mühelos möglich ist."

Sie sagt die Wahrheit, genau wie sie es versprochen hat.

Meine Brust fühlt sich eng an.

„Wenn mir etwas zustößt ..." Eine Träne läuft über ihre Wange, als sie fortfährt. „Wenn sie mich aus irgendeinem Grund zu den Zapex zurückbringen, musst du es weiterverbreiten. Andere warnen."

Ich schnaube. Wir haben nicht vor, zuzulassen, dass sie an die Zapex zurückgegeben wird. Selbst wenn der Einheitsrat so dumm wäre zu beschließen, sie diesem *Gearan*-Ficker, den sie einst Master nannte, zurückzugeben, werden wir sie zurückholen. Ich versuche auch, ihr das zu sagen, aber sie hält mir den Mund zu und schüttelt den Kopf.

„Die Monrok müssen die Wesen der Jun'pn-Galaxie beschützen." Sie streichelt mein Gesicht, ihre Stimme ist entschlossen. „*Alle* Wesen. Selbst jene auf Jar'jn, die nicht wissen, welche Entscheidungen ihre Patriarchen für sie treffen. Ich weiß, du hasst die Zapex, aber bestrafe nicht alle für die Verbrechen einiger weniger."

Ich bin mir nicht sicher, ob ich dieses Versprechen geben kann.

Der einfachste Weg, die unschuldigen Wesen der Jun'pn-Galaxie zu schützen, wäre es, alle Zapex auszulöschen. Das ist nur fair. Sana ist zu lieb und unschuldig. Die Anzahl der Zapex, die sich der Verbrechen gegen die Wesen des Universums schuldig gemacht haben, ist sehr groß. Die wenigen Unschuldigen wären nur Kollateralschäden.

Aber meine ultrascharfen Sinne nehmen das rasende Herzklopfen wahr, weil sie es nicht blockiert. Ich kann die Angst spüren, die von ihr ausstrahlt. Ich weiß nicht, wie ich sie trösten soll, aber ich würde lieber hundert Schüsse in die Brust erleiden, als in diesem Moment noch mehr von ihrem Kummer zu sehen. Also sage ich nichts, was sie noch mehr aufregen würde.

„Warum erzählst du das nur mir?"

„Du hast die meisten Gründe, die Zapex zu hassen. Du wünschst ihnen allen den Tod. Wenn du dich zurücknimmst, werden es die anderen auch tun."

„Und du glaubst, ich würde mich zurücknehmen? Der Vernünftige sein?"

„Nein. Wahrscheinlich nicht." Sie lässt ihr Kinn sinken, ihre schwarzen Augen glitzern mit unvergossenen Tränen. „Deshalb habe ich es dir nicht zusammen mit den anderen gesagt. Ich wollte nicht, dass es zu einem Streit kommt."

Ich streiche ihr das wilde Haar aus dem Gesicht. „Wir können einen Streit nicht immer vermeiden."

„Aber warum sollten wir danach suchen, wenn wir ihn vermeiden können?"

„Ja, warum." In mir bricht ein Konflikt aus. Was sie von mir verlangt, geht gegen alle meine Instinkte.

Sie streicht mit einem Finger über die Falte zwischen meinen zusammengezogenen Augenbrauen. „Bitte sei nicht böse auf mich. Nicht jetzt." Sie schlingt ihre Arme fest um meinen Hals, während sie ihre sanften Kurven an mich presst. Ich atme sie ein und präge mir diesen Moment ein, damit er anhält, bis wir Pacbar erreichen und ich sie wiedersehe.

Und wir werden sie wiedersehen. Sie gehört *uns*. Die Galaktische Einheit wird sie uns nicht wegnehmen.

„Ich bin nicht böse auf dich. Nicht jetzt. Das hebe ich mir für später auf, wenn wir dich von den Pacnari zurückbekommen haben."

Sie schenkt mir ein kleines Lächeln, bevor sie sich auf die Zehenspitzen streckt und ihr Gesicht an meinem Hals vergräbt. „*Du'rah*", flüstert sie in mein Ohr.

Der Duft ihrer Gefühle ist zu stark für mich. Ich drücke sie gegen die Tür und nehme ihren Mund in Besitz, um sie mit meiner Zunge zu begatten, so wie ich es mit ihrem Körper tun möchte. Ich umschließe ihren Hintern und hebe sie hoch, sodass sie ihre Beine um meine Taille schlingen kann. Ihre Hitze dringt durch meine Hose und ich stöhne in ihrem Mund. Ich bin genauso schlimm wie Ast und es ist niemand da, der mich von ihr wegzieht.

Nach allem, was sie mir erzählt hat, werden ihr geflüstertes „*Du'rah*" und der Duft ihrer Zuneigung das sein, was mich verfolgt, bis wir sie wieder zurückbekommen.

Das Knirschen und Knarren der schweren Luftschleusentüren auf der anderen Seite, von wo ich sie an die Wand drücke, klingt wie ein gedämpftes Echo. Ich weiß, dass die Pacnari warten. Aber mich zu zwingen, das Weibchen loszulassen, ist das Schwierigste, was ich je getan habe.

„Ich möchte dich noch einmal markieren. Dich mit meinem Duft füllen und ihn an deinen Schenkeln hinuntertropfen lassen, während du zu den Pacnari hinübergehst."

Sie reißt die Augen weit auf und ich bedecke ihren Mund mit meiner Hand, bevor sie einwilligen oder widersprechen kann.

„Ich sollte meine Brüder zurückrufen", flüstere ich ihr ins Ohr, während ich meinen Schwanz herausziehe und ihn an ihrem Inneren ausrichte. Sie ist bereits nass und ihre Beine pressen meine Hüfte fest zusammen, als ich in ihre geschwollene Scheide gleite und die Spitze meines Schwanzes durch einen Ring nach dem anderen schiebe. Das Gefühl jagt mir einen Schauer über den Rücken. „Ich sollte dich von ihnen allen ein letztes Mal markieren lassen, aber ich bin egoistisch. Ich möchte, dass du meinen Duft trägst, und nur meinen Duft, wenn ich dich übergebe."

Ihre herrliche Muschi beginnt zu vibrieren und ich zucke mit der Hüfte und stoße tiefer. Sie schließt die Augen. Ihr Schutzschild ist immer noch unten, aber sie versucht wohlweislich nicht, ihre Gedanken mit meinen zu verschmelzen. Ich lasse ihre Lust und ihren Schmerz über mich strömen und zwinge mich, mich nicht zu verknoten.

Ich greife in ihr Haar und werde mit Kontraktionen ihres Körpers auf meinem Schwanz belohnt. Sie wimmert gegen meine Handfläche und lässt die Hüfte kreisen, während sie ihre heiße Muschi an mir reibt. „So ist es gut, mein heißes, kleines Betthäschen. Komm auf mir. Tu es jetzt."

Und sie tut es. Ihre enge Möse umschließt mich so fest, dass ich mich fast mit ihr verknote. Ich knurre an ihrem Hals, als sie ihre Lust gegen meine Hand schreit.

„Ich will deinen Mund, Sana. Ich werde deinen Mund ficken und in deine Kehle spritzen."

Sie stößt ein ersticktes Wimmern aus, als ich mich ihrer Hitze entziehe und sie vor mir zu Boden drücke. Sie sinkt auf die Knie und umschließt meinen Schwanz mit der heißen Wonne ihres Mundes, bevor ich auch nur den Befehl dazu geben kann. Ihre Haare schlingen sich um meine Handgelenke und Arme, während ich sie festhalte und in ihren Hals ficke. Sie wehrt sich einen Augenblick und kratzt über meine Hüfte, bevor sie sich meinem strafenden Rhythmus hingibt und sich an meine Schenkel klammert, während ihre Augen strahlen und sie versucht, an mir zu saugen.

„Du bist ein so verdammt perfektes Betthäschen. Für die anderen bist du die Gefährtin, aber für mich bist du das Betthäschen, nicht wahr?"

Eine Explosion ihres widersprüchlichen Verlangens und ihrer Sehnsucht trifft mich so hart, dass meine Knie fast nachgeben. Ihre Gefühle sind so süß und rein wie ihre Unterwerfung. Sie hasst meine Macht über sie und sehnt sich doch gleichzeitig nach mehr. Und ich will es ihr geben. Meine Hoden ziehen sich zusammen und ich kann mich nicht mehr zurückhalten. Meine Essenz schießt wie ein Blitz durch meine Länge, als ich mit heftigen Schüben in ihre Kehle spritze. Ich knirsche mit den Zähnen, während sie weiter und weiter schluckt.

Meine Kybernetik sorgt dafür, meine Atmung auszugleichen. Ich ziehe mich zurück und wische ihr Kinn ab, bevor ich ihr auf die Beine helfe. Sie schwankt ein wenig, also drücke ich sie an meine Brust und lasse sie wieder zu Atem kommen. Sie hat keine Kybernetik wie ich, um ihr organisches System zu regulieren und ihre Erholung zu beschleunigen. Nachdem sie sich beruhigt hat, presse ich sie gegen die Tür der Luftschleuse und umschließe ihren Hals. Sie hält sich an meinem Handgelenk fest und entspannt sich in meinem Griff.

Sanas Lippen sind geschwollen. Ihre Brustwarzen zeichnen sich in harten Spitzen sichtbar unter dem T-Shirt ab, ihre Augen sind glasig. Sie ist so errötet, wie es eine Zapex nur sein kann. Ich wische ihr erneute Tränen von den Wangen und bedecke ihren Mund mit meinem. Ich genieße den Gedanken, zu wissen, dass sie meinen Geschmack, noch lange nachdem sie gegangen ist, auf ihren Lippen tragen wird.

Ein Gefühl des Unbehagens macht sich in meiner Brust breit und ich weiß, dass ich unseren Abschied nicht länger hinauszögern kann, also mustere ich mein zerzaustes Betthäschen ein letztes Mal.

„Jetzt werden die Pacnari keinen Zweifel mehr daran haben, wem du wirklich gehörst." Ich trete an die Wandtafel und drücke widerwillig auf den Türsensor.

Für einen Moment flackert Panik in ihren Augen auf, bevor sie sich aufrichtet und die Schultern zurückzieht, während noch immer Tränen über ihr Gesicht laufen. Ich muss mich zwingen, nicht noch einmal nach ihr zu greifen.

Sie verneigt ihren Kopf. „Mach es gut, mein widersprüchlicher Master."

„Bis dass der Tod dich erlöst, *Verani*."

Bis zum Tod ist ein üblicher Monrok Abschiedsgruß, denn wir werden erst mit dem Tod aus der Pflicht entlassen. Ich habe es so oft gesagt, dass es an Bedeutung verloren hat. Aber wenn ich es zu ihr sage, ist es ein Versprechen. Ich werde *bis zum Tod* für sie kämpfen.

Drei Pacnari, die je eine weiße Tunika tragen, warten darauf, Sana zu begrüßen. Es ist schwer zu sagen, ob sie männlich oder weiblich sind, da sie alle gleich aussehen. Als sie mich entdecken, erstarren sie und ihr Herzschlag verdreifacht sich vor Angst.

Es kostet mich all meine Willenskraft, nicht zu ihr zu stürmen und sie zurückzuholen. Sie dreht sich um, als könnte sie meinen Blick spüren, und dann gleiten die schweren Türen mit widerhallender Endgültigkeit zu. Ich drücke auf den Sensor, schließe und verriegle unsere eigenen Schleusentüren und schreite dann zurück zum Kontrollraum.

„Sieht so aus, als würden wir nach Pacbar fliegen, ob wir wollen oder nicht", sagt Ast, während unser Schiff seinen Kurs verändert und ohne unsere Kontrolle durch den Weltraum steuert.

„Was hat sie dir gesagt?", fragt Banx schließlich.

Ich zucke mit den Schultern. „Die Zapex sind noch größere *Ahehs*, als wir alle dachten."

Er hebt eine Augenbraue. „Genaueres?"

„Jar'jn liegt im Sterben. Sie brauchen mehr Land. Andere Planeten, die sie besetzen können. Sie haben nicht nur vor, Pacbar zu stürzen. Sie wollen dabei mindestens die Hälfte der Bewohner der Galaxie vernichten."

„Wir müssen die Monrok auf Kadeema warnen", sagt Tawn, dessen Locken von seinem Liebesspiel zuvor immer noch durcheinandergewirbelt sind. „Die Zapex werden wahrscheinlich versuchen, sie zuerst auszulöschen."

„Ich sende es bereits", sagt Banx, während die Informationen auf seinem binären Auge aufblitzen.

„Zerstöre die stärksten Punkte einer Struktur und der Rest bricht zusammen", sagt Ast und zitiert damit Wissen, das wir alle erhalten haben, als unsere Kybernetik integriert wurde und unser Verstand auf unser Leben als Elite-wächter der Zapex vorbereitet wurde.

„Das können sie gern versuchen", sage ich und schaue durch das Hauptportal auf den Nebel der Sterne, die in weißen und goldenen Schlieren vorbeiziehen. „Oder ..." Ich drehe mich zu meinen Brüdern um. „Wir könnten sie zuerst vernichten."

Das ist genau das, was Sana nicht will, flüstert eine Stimme in meinem Hinterkopf und etwas, das sich so schwer wie ein Stein anfühlt, setzt sich in meinem Magen fest.

Ast sieht mich mit zusammengekniffenen Augen an. Tawn lehnt sich auf seinem Platz zurück, als würde er darüber nachdenken.

Banx verschränkt die Arme vor der Brust und starrt mich unverwandt an. „Ich habe unsere Kameraden weit und breit gewarnt, damit sie sich schützen können ... Ich habe jedoch von einem direkten Angriff ohne das Wissen des Einheitsrates abgeraten."

Ich nicke einmal und er steht auf, bevor er auf die Tür zugeht. Doch dann bleibt er stehen und dreht sich um. Sein Kiefer verkrampft sich. „Es gibt sehr viele Zapex, die den Tod verdienen, aber ... es gibt auch andere, wie unsere Gefährtin, die es nicht tun. Wir können sie nicht alle töten."

Damit verlässt Banx den Raum und seine Worte schwirren mir im Kopf herum.

Verdammt.

Zwei Dinge werden mir auf einmal bewusst. Wir

können sie nicht alle töten und ... Wir haben uns mit einer verdammten Zapex verpaart.

Ich habe mich mit einer verdammten Zapex verpaart.

Und ich würde bereitwillig für sie leben und sterben. Selbst jetzt will ich sie zurück auf diesem Schiff unter unserem Schutz wissen. Ich hasse es, dass sie getrennt von uns ist.

Eine Zapex.

Wenn die Sterne wirklich unser Schicksal lenken, haben sie einen kranken Sinn für Humor.

Kapitel Sieben

SANA

Vertraue deinem Schicksal und sei stark.

Diese Worte sind mein Mantra und das, was mich bei Kräften hält, seit ich auf das Schiff der Galaktischen Einheit umgestiegen bin und meine Monrok zurückgelassen habe.

Die Pacnari haben mir ein Zimmer anstatt einer Zelle gegeben und mir sogar gezeigt, wie man die Sensoren an der Schalttafel bedient, sodass ich mich frei auf dem Schiff bewegen kann. Sie haben mich freundlich behandelt. Sie sind sanftmütige Wesen, aber ihre Präsenz ist wachsam. Ich weiß, dass ich eine seltene Kuriosität bin. Niemand in der Galaxie hat je auch nur ein Bild eines Zapex-Weibchens gesehen, geschweige denn das einer berüchtigten *Verani*. Aber ich glaube, sie wären genauso aufmerksam, wenn ich eine von ihnen wäre.

Dennoch nagt die Sorge um die Sicherheit meiner Monrok an mir. Jor hätte Pan nicht so gewarnt, wenn er sie nicht für fähig hielte, etwas Heimtückisches zu tun, nicht wahr? Ich versuche, mich auf das bevorstehende Treffen mit dem Rat zu konzentrieren, aber es trägt nicht dazu bei, meine Beklemmung zu lindern.

Ich streiche mit dem Finger über die kleine Beule an meiner Schläfe. Banx hat mich gewarnt, dass sie mir einen Übersetzungschip injizieren würden, aber es tut trotzdem weh, als ob eine Million winziger Nadeln in meinen Schädel stechen würden.

Ich höre einen Piepton an meinem Panel und erhebe mich von der schmalen Plattform, um zu antworten. Die lange, weiße Tunika, die sie mir gegeben haben, wirbelt um meine Beine, als ich hinübergleite. Die Tür schwingt auf und das zierliche pacnarische Weibchen, Pyn, die mir nicht nur Kleidung sondern auch meine Nährstoffspritzen gebracht hat, tritt ein.

Sie trägt ein portables Messgerät und ein langes Gewand mit Kapuze. Es erinnert mich an das, das mir die Ikbars weggenommen haben, wenn es auch viel schlichter ist. Wie alle Pacnari trägt sie eine weiße Tunika, die an der Vorderseite der Beine und an den Seiten einen Schlitz hat. Die losen Enden flattern um ihre Knöchel, als sie hereinkommt.

Sie legt das Gewand auf das Podest, bevor sie sich zu mir umdreht und den Kopf senkt. „Hallo, Fräulein. Geht es Ihnen heute gut?"

Sie fragt das jeden Tag.

Ich überlege, ob ich ihr ehrlich antworten soll, lächle aber stattdessen gelassen. „Ja, vielen Dank."

Sie hält das Messgerät hoch. „Ich muss Sie scannen. Wir werden bald landen."

„Ist das üblich?", frage ich, während sie das Gerät

langsam von meinen Füßen bis zu meinem Kopf über meinen Körper bewegt.

„Ja. Alle, die mit einem Schiff auf Pacbar landen, müssen vorher ihre aktuelle Körperanalyse in die Datenbank eingeben, um zu verhindern, dass fremdartige Krankheitserreger auf unseren Planeten gelangen.“

Pyn tippt auf den Bildschirm und runzelt die Stirn. Die scheibenförmigen Grate an beiden Seiten ihres Kopfes leuchten violett und golden, während sie summt. Ihre schwarzen Augen, die meinen sehr ähnlich sind, funkeln mich an.

Unbehagen huscht über meinen Rücken. „Was ist los?“

Sie schluckt. „Ihre Analyse ist ungewöhnlich.“

Ich strecke meine Hand nach dem Scanner aus. „Zeigen Sie es mir.“

Pyn runzelt die Stirn und versteckt den Scanner in den Falten ihrer Tunika. „Wir haben keine Einstellung für Zapex-Weibchen, also ist es wahrscheinlich ein Fehler.“

Ich lege meine Hand auf ihren Arm und kann dadurch in ihre Gedanken eindringen. Ihre Psyche wehrt sich gegen meine Invasion, aber ich bohre mich hinein, ziehe sie in meinen Bann und beginne dann, ihre letzten Gedanken zu durchforsten, bis ich es finde. Ihre Erinnerung daran, mich zu scannen.

Einen Moment lang kann ich nicht atmen.

Dies ist in der Tat eine ungewöhnliche körperliche Analyse.

Ich greife mit meiner freien Hand nach dem Scanner und versuche herauszufinden, wie ich die Daten löschen kann. Dann entscheide ich mich dafür, Pyns Geist auszutricksen, damit sie es für mich tut.

Mit leerem Blick tippt Pyn auf ein paar Schlüsselsensoren auf dem Bildschirm, bis die Daten vom Bildschirm verschwinden.

Mein Herz klopft so heftig, dass mein Magen sich zusammenzieht. Ich lege meine Hand auf Pyns Arm und setze mich mit ihr auf die Seite der Schlafplattform, damit ich nachdenken kann.

Mit aufrechter Haltung und im Schoß gefalteten Händen sitzt Pyn immer noch wie gebannt neben mir und starrt ausdruckslos an die Wand auf der anderen Seite des Raums.

„Was soll ich nur tun?", frage ich sie und denke, dass sie mich nicht hören kann. Aber eine Welle aus Lila und Gold schießt über ihre Schädelscheiben.

Ich habe schon ewig niemanden mehr in Trance versetzt. Ich bin wohl etwas aus der Übung. Seufzend schließe ich die Augen und konzentriere mich darauf, ihren Geist von den letzten Momenten zu befreien und ihr neue Gedanken und Erinnerungen an eine Analyse einzupflanzen, die nichts Ungewöhnliches gezeigt hat.

Ich bringe uns in unsere vorherige Position zurück und hole sie langsam aus der Trance.

„Vielen Dank, Pyn", sage ich. Ich halte noch immer ihren Arm und flöße ihrem Geist ruhige Akzeptanz ein, während sie mir zublinzelt und dann in den Raum zwinkert.

„Gern geschehen, Fräulein. Gibt es irgendetwas, wobei ich Ihnen helfen kann, bevor wir landen?"

„Nein. Sie waren mehr als hilfreich."

Pyn geht zur Tür und dreht sich noch einmal zu mir um, bevor sie nach dem Sensor der Schalttafel greift.

Mein Atem stockt, als ich darauf warte, erwischt zu werden, weil ich sie in eine Trance versetzt habe.

„Wir drücken Ihnen die Daumen", sagt sie und ich schaue sie stirnrunzelnd an, weil ich es nicht verstehe.

„Hmm? Wie meinen Sie das?"

Sie beugt sich vor und senkt ihre Stimme. „Es gibt einige von uns an Bord, die hoffen, dass der Rat Ihnen die Freiheit gewährt."

Ein Anflug von Erleichterung durchströmt mich. „Oh … danke."

„Obwohl", fährt sie fort, „wir an Ihrem Verstand zweifeln, weil Sie sich Monrok als Gefährten genommen haben."

Hitze strömt in mein Gesicht. „Es hat seine Vorteile."

Kräftige Lila- und Goldtöne schimmern über Pyns Scheiben. „In der Tat, Fräulein." Das Türpanel gleitet auf, aber sie bleibt im Türrahmen stehen. „Übrigens ist ihr Geheimnis sicher bei mir." Sie hält den Scanner hoch und wackelt damit.

Als ich sie schockiert ansehe, fährt sie fort. „Ihre Fähigkeiten zur Gedankenverschmelzung sind mächtig, aber der pacnarische Geist hat viele undurchdringliche Nischen, in die er sich flüchten kann." Mit einem Schritt ist sie auf dem Gang und die Tür schließt sich zischend hinter ihr.

Es dauert einen Moment, bis ich wieder atmen kann.

Benommen setze ich mich hin. Wenigstens ist sie auf meiner Seite, aber ich muss immer noch das Schiff verlassen, ohne dass mich jemand anzeigt, weil ich keine körperliche Analyse aufgezeichnet habe.

Ich kann mir die Konsequenzen nicht vorstellen, wenn der Scanner korrekt ist.

* * *

Wir sind in der Stadt gelandet, die nach dem Planeten Pacbar benannt ist. Ich bin angespannt, als ich in Begleitung von vier mir unbekannten Pacnari den Gang zu den geöffneten Luken hinuntergehe. Ich zwinge mein wild flatterndes Herz, sich zu beruhigen. Ich warte darauf, dass uns jemand aufhält und sagt, dass es einen Irrtum gab, aber ich schaffe es bis auf die Rampe und werfe meinen ersten Blick auf die Stadt. Oder besser gesagt auf die weitläufige Andockbucht voller Raumfähren, die nach Größe geordnet sind.

Im Gegensatz zu Jar'jn gibt es auf Pacbar keinen elementaren atmosphärischen Dunst. Ich blinzle gegen das ungefilterte Sonnenlicht an. Meine Nase brennt vom bitteren Geruch der landenden und startenden Schiffe.

Ich bin mir nicht sicher, ob es meine Intuition oder die Furcht vor dem Unbekannten ist, die mich überkommt. Ich scanne die Gegend und warte auf etwas ... Es scheint hier zu ruhig zu sein. Nun, ruhig ist nicht das richtige Wort für diesen geschäftigen Hafen. Eher *nichts ahnend*. Jeder geht seinem Leben nach, als ob nicht jeden Moment eine Tragödie über sie hereinbrechen könnte.

„Wo sind meine Monrok?", frage ich den übermäßig dünnen und großen Pacnari zu meiner Rechten. Das natürliche Licht ist hell genug, dass seine gelben Adern unter seiner Haut durchscheinen.

„Sie wurden zum Galaktischen Tempel der Einheit eskortiert, bevor die Zapex eintreffen konnten, Fräulein."

Ein ungutes Gefühl macht sich in meinem Bauch breit. „Die Zapex?"

Der Pacnari zu meiner Linken beugt sich vor, seine Scheiben leuchten in einem blassen Blau und Silber. „Ihr ehemaliger Master soll angekommen sein."

Mein Körper rauscht von heiß zu kalt und der Wind

wirbelt unnatürlich um uns herum, weil ich so aufgebracht bin.

Meine Begleiter weichen einen Schritt zurück und machen einen großen Bogen um mich und mein wallendes Haar.

„Kechlyn ist hier?" Ich habe keine Ahnung, was das für meine Pläne bedeutet. „Wird er bei der Anhörung anwesend sein?"

„Ich glaube schon, Fräulein. Es ist eine öffentliche Anhörung."

Ich bin mir nicht sicher, was das bedeutet. Ich hätte auf unserem Weg hierher mehr Fragen stellen sollen, anstatt mich zurückzuhalten.

„Und wird man ihm das Wort erteilen?"

Seine Scheiben funkeln silbern und werden wieder blau, als er mit den Schultern zuckt. „Das muss der Rat entscheiden."

Ich schlucke meine aufsteigende Panik hinunter, als Pan uns am Ende der Rampe mit einer Verbeugung des Kopfes empfängt.

„Nehmen Sie an der Anhörung teil?", frage ich den Pacnari, mit dem ich auf unserer gemeinsamen Reise in den letzten Zyklen nur eine Handvoll Male gesprochen habe.

„Ja, da ich Ihnen die Audienz gewährt habe, werde ich dort sein, um die Aufregung mitzuerleben."

„Die Aufregung?"

„Die Nachricht von Ihrer Anhörung hat sich herumgesprochen. Man hat mir gesagt, dass sie jetzt sogar Bürger abweisen."

Mein Haar schnippt aufgebracht durch die Luft. „Was für ein Spektakel soll das werden?"

„Was auch immer Sie daraus machen, Fräulein." Er

lächelt, während das Gold an den Scheiben auf beiden Seiten seines Kopfes hin und her zischt.

Es ist klar, dass sie alle hoffen, dass ich es zu einem großen Spektakel machen werde. Mit einem Seufzer steige ich in ein zwölfsitziges, gewölbtes Schiff und setze mich.

Meine Zeit mit den Pacnari hat mich gelehrt, dass sie schwer zu durchschauen sind. Wenn mein Wort gegen das von Kechlyn steht, habe ich keine Ahnung, zu wessen Gunsten der Rat entscheiden wird.

Erst als unser kleines Schiff abhebt und aus dem Schatten des großen Schiffes, mit dem wir angekommen sind, herausschwebt, kann ich einen ersten Blick auf die Stadt am Horizont werfen. Das volle Tageslicht strahlt über einen blassblauen Himmel hinter großen, hochaufragenden, weißen Gebäuden, die alle eine Kuppel haben. Ich erkenne es aus meinen Visionen.

Als sich unser Shuttle in einen sich ständig bewegenden Strom anderer Schiffe einreiht, die in die Stadt fliegen, kann ich die Gebäude und das Treiben besser sehen. Alle Pacnari tragen weiße Tuniken, aber auch andere Spezies laufen am Boden entlang oder sausen in den verschiedensten Formen von Kleidung in Shuttles vorbei.

Mein Blick bleibt an einem der Gebäude hängen. Es ist vollkommen durchsichtig und es scheint, als ob die Lebensformen, die sich auf den verschiedenen Ebenen bewegen, in der Luft schweben.

Wir fliegen eine Kurve und mein Magen überschlägt sich, als das Shuttle in einen Tunnel rauscht. Lichter blitzen auf, als wir hindurchrasen und dann in eine andere Art Andockbucht gelangen, die mit kleineren Planetenshuttles gefüllt ist.

Unser Schiff rast an allen vorbei und kommt erst zum Stehen, als wir eine Doppeltür erreichen.

Ich steige hinter zwei meiner pacnarischen Begleiter und mit Pan rechts neben mir aus. Sie nehmen alle dieselben Positionen ein, die sie beim Verlassen des großen Schiffes innehielten, und ich frage mich, ob sie mein Wachpersonal sind. Sie sind ein ziemlicher Kontrast zu meinen Monrok-Gefährten.

Gefährten.

Ich habe nie auch nur daran gedacht, Gefährten zu haben oder von jemandem verehrt zu werden. Und wenn mir der Rat nicht glaubt, werde ich es vielleicht nie wirklich erfahren.

Aus dem Shuttle begeben wir uns direkt in eine gläserne Kabine, die an der Seite des weißen Gebäudes in die Höhe schießt. Das Licht brennt in meinen Augen, als wir die unterirdische Andockstation verlassen und einen klaren Blick auf die Stadt bekommen. Mein Magen flattert immer nervöser, je höher wir fliegen, bis wir schließlich anhalten und die Türen der Kabine sich an der Seite des Gebäudes öffnen. Das Geräusch von fallendem Wasser und Hunderten von Stimmen, die sich dahinter versammelt haben, dringt zu mir durch.

Ich atme tief ein, um mich zu sammeln.

„Sind Sie bereit hierfür, Fräulein?", fragt Pan mit dem Hauch eines Lächelns.

Überwältigt und unsicher, ob ich es bin oder jemals sein könnte, brauche ich einen Moment, bevor ich nicke.

Er streckt einen Arm aus und deutet mir an, dass ich zuerst aussteigen soll.

Wir betreten eine große kreisförmige Halle. Der hochaufragende Raum erhebt sich über uns bis zu einer Kuppeldecke. In der Mitte des Raumes schwebt ein glühender, weißer Kristall.

In einem Halbkreis auf der einen Seite sitzen Reihen

von Pacnari, verschiedene Lebensformen, die ich nicht erkenne, und Zapex alle hintereinander angeordnet. Auf der anderen Seite gibt es nur drei Reihen mit Plattformen und die sind leer. An einer Wand fließt Wasser hinunter und erzeugt ein friedliches, melodisches Naturgeräusch.

Ich mustere die überfüllten Podeste auf der Suche nach meinen Monrok. Fast stoße ich einen Freudenschrei aus, als ich sie auf der anderen Seite des großen Raumes entdecke. Grimmiger Hunger strahlt in ihren Augen, als sie sich auf den Weg zu mir machen. Meine Krieger. Meine wahren Verteidiger und Beschützer.

Die Erleichterung trifft mich wie eine Flutwelle. Mir war nicht klar, wie sehr ich befürchtet hatte, sie nie wiederzusehen. Dass das, was wir miteinander teilten, nur eine Illusion war, die von meinem einsamen Verstand heraufbeschworen wurde.

Ein Schwindelgefühl steigt in mir auf und einen Moment lang schwebe ich ungewollt in der Luft. Ich zwinge mich, mich zu beruhigen und wieder auf den Füßen zu landen, aber ich habe Aufmerksamkeit erregt. Sogar meine Begleiter starren mich an und ihre Schädelscheiben blitzen bunt auf.

Hitze steigt in meinem Gesicht auf, aber ich bin zu erleichtert, um mir etwas daraus zu machen.

Tawn ist der Erste, der mich an seine Brust drückt. „*Du'rah,* wir dürfen nie wieder von dir getrennt sein." Er hebt mich hoch und ich schmiege mich an ihn.

Ast zieht mich aus seinen Armen, wirbelt mich herum, bevor er mich an sich drückt und sein Gesicht an meinem Nacken vergräbt. „Sag nur ein Wort, und wir bringen dich von hier weg", sagt er an meinem Ohr, bevor er meinen Hals küsst.

Dann lande ich in Banx' festem Griff. Seine Arme und

seine Gegenwart beruhigen mich auf eine Weise, wie nur er es kann. „Ich wusste nicht, dass man etwas so vermissen kann, wie ich dich vermisst habe." Er umschließt mein Gesicht und presst seine Lippen auf meine. „Wir sind hier bei dir, *Du'rah*. Vergiss das nicht. Egal, wie entschieden wird, du kommst mit uns."

Ich muss skeptisch gewirkt haben, denn Jor knurrt und schlingt seine Hand mit so viel Kraft in mein Haar, das mir ein Kribbeln über den Rücken läuft. Hitze schießt durch mein Inneres, als er seinen Mund auf meinen drückt und mich so heftig verschlingt, dass jedes Geräusch verstummt. Ich schlinge einen Arm um seinen Hals, ziehe ihn näher an mich und vergesse, wo wir sind.

Ein Teil von mir möchte all das hier vergessen und sie anflehen, mich von hier wegzubringen.

Er stöhnt und löst sich von mir.

„Wenn es nach mir ginge", sagt Jor an meinen Lippen, als könnte er meine Gedanken lesen. „Würden wir dich sofort von hier wegbringen. Sollen die Zapex diese Stadt doch zerstören und die Galaxie verdammt sein."

Seine Worte machen mir Mut. Sie helfen mir, mich daran zu erinnern, warum ich das hier tun muss. „Du weißt, dass ich das nicht zulassen werde. Ich bin zu weit gekommen."

„Pfft", sagt Jor. „Ich muss immer noch entscheiden, ob irgendeines dieser Wesen es verdient, gerettet zu werden."

Ast lacht. „Gut, dass das Schicksal der Galaxie nicht in Jors Händen liegt."

„Nein, es liegt in ihren", sagt Banx und nickt in die Richtung der zuvor leeren Seite des Raums.

Ich schaue nach oben und auf der obersten Ebene sitzen jetzt neun Pacnari auf Schwebesitzen mit hohen Lehnen. Sie alle tragen die schlichten, weißen Tuniken ihres Volkes, aber ihre Haltung ist königlicher als die der gewöhnlichen Zuschauer. Mit durchgedrückten Schultern und erhobenem Kinn blicken sie in wachsamer, pacnarischer Manier auf das Publikum herab.

„Sind sie der Galaktische Einheitsrat?", frage ich.

„Genau", sagt Jor.

Pan räuspert sich und versucht offensichtlich, unsere Aufmerksamkeit zu erregen. Ich drehe mich zu ihm um und er neigt den Kopf. „Es ist an der Zeit." Er streckt eine blasse, gelbliche Hand aus und wir folgen dem großen, schlanken Pacnari in die Mitte des Raums.

Einige Zapex werfen mir verächtliche Blicke zu. Ein Teil von mir schwankt unsicher. Die junge, einsame *Verani* in mir, die nur das Gefühl haben wollte, dass sie dazugehört, droht zu zerbrechen. Dieser Teil von mir weiß, dass sie mich noch mehr hassen werden, wenn sie hören, was ich zu sagen habe. Es wird ihnen nichts bedeuten, dass ich dies tue, um sie alle zu retten, ebenso wie die Wesen in der Jun'pn-Galaxie.

Ich bin im Begriff, eine wahre Verräterin und Ausgestoßene meines Volkes, der Zapex, zu werden.

Banx legt mir eine beruhigende Hand auf den Rücken, als wüsste er, dass ich sie brauche.

Es hilft mir, meine Entschlossenheit zu stärken. Ich denke an Pyn und all die Pacnari, die ich auf der Reise hierher getroffen habe, und an die Stadt voller intergalaktischer Spezies, die alle untergehen werden, wenn der Rat nicht gewarnt wird.

Wir nehmen dort Platz, wo Pan es anweist, vorn und in der Mitte mit Blick auf den Rat. Aus dem Augenwinkel erhasche ich einen Blick auf Kechlyn. Er starrt mich direkt an und seine vertrauten blaugrünen Augen wirbeln wild herum.

Ich kämpfe gegen meinen natürlichen Instinkt an, zurückzuschrecken und mich unauffällig zu zeigen. Er steht direkt links von mir auf der Ebene, auf der ich vor dem Rat sprechen werde. Sein Gesicht ist angewidert verzogen, als er mich und meine Monrok ansieht. Aber das ist nicht das, was mich überrascht und mir den Magen verdreht. Es ist der Anblick von Pippen neben ihm.

Sein Anblick erschüttert mich bis ins Mark.

Mein Mentor und für die Hälfte meines Lebens einziger Freund im Universum wurde geschlagen. Sein Gesicht ist völlig ramponiert. Er ist mit Blutergüssen übersät, ein Auge ist fast zugeschwollen, beide Lippen sind aufgedunsen und zerplatzt. Wir Zapex heilen ziemlich schnell, also müssen dies frische Verletzungen sein. Möglicherweise wurde es zu meiner Warnung getan. Um mir zu zeigen, was passieren wird, wenn ich rede. Um mich zu bestrafen.

Mein Haar wallt und schnippt und winzige statische Blitze sprühen aus meinen Händen. Jor, Ast, Banx und Tawn folgen meinem Blick. Sie alle richten sich zu ihrer vollen Größe auf und versperren den Weg zu mir.

Pippen sieht, wie ich ihn anstarre, und haucht, *Vertraue deinem Schicksal. Sei stark.*

Ich denke zurück an jene Nacht. Er hat mir gesagt, er kenne sein Schicksal, und dass es mit meinem verwoben sei. Wusste er, dass dies mit ihm geschehen würde? Er muss es gewusst haben. Verdammter Pippen.

Emotionen kämpfen in mir.

„Ist er das?", fragt Jor. Tödliche Entschlossenheit steht ihm ins Gesicht geschrieben. „Kechlyn?"

Sie sind alle in Kampfhaltung, stelle ich mit einem Schrecken fest. Sie werden meinen alten Master in Stücke reißen, genau hier auf dem glänzenden Boden des Tempels vor dem Rat und dem Publikum voller Bürger. Schaulustige. Zu viele schauen mit eifrigem Interesse zu.

Meine neuen Gefährten glauben, dass ich wegen meines alten Masters aufgebracht bin, aber das stimmt nur zur Hälfte. Der Anblick von Kechlyn ist zwar beunruhigend, aber die Erschütterung, die mich ergreift, rührt von dem Zustand her, in dem sich Pippen befindet.

„Wir sind hier, um den Rat vor dem zu warnen, was kommen könnte." Ich zwinge Ruhe in meine Stimme, berühre einen jeden von ihnen und versuche, die Situation zu entschärfen. Ihre tödlichen Blicke weichen nicht von meinem alten Master.

„Du weinst", sagt Banx mit tiefer, rauer Stimme.

„Allein dafür sollten wir ihn töten", knurrt Ast.

„Genau", stimmt Jor zu und macht eine Bewegung, als wolle er sich vor mich stellen.

Ich wische mir verlegen über die Wangen und drücke meine Schultern durch. „Bitte. Banx. Ast. Tawn. Jor." Ich ziehe an Jors Arm, um seine Aufmerksamkeit zu erregen, weil ich glaube, dass er am wenigsten auf Vernunft hören wird. „Es ist nicht der Anblick von Kechlyn, den ich beunruhigend finde. Es ist der *Gearan*. Wir waren Freunde."

Vier identisch blaue Augenpaare schauen abschätzend von dem *Gearan* zu mir.

„Es gibt keinen Grund, Kechlyn anzugreifen. Das verspreche ich."

Sie kneifen ihre scharfsinnigen Augen zu und funkeln mich an. Ich kämpfe darum, nicht zusammenzuzucken.

„Also gut. Er ist ein *Hadhr*, der den Tod verdient hat", zische ich meinen vier sturen Gefährten zu. „Und ich hoffe, dass er für jeden *Gearan*, den er gefoltert hat, bezahlen wird. Aber *jetzt* ist nicht der richtige Zeitpunkt."

Ich hoffe wirklich, dass dieser Zeitpunkt kommen wird.

Ich will, dass er dafür bezahlt, es gewagt zu haben, die Hand gegen Pippen zu erheben. Pippen, das einzige Wesen, von dem ich glaubte, dass er Kechlyn wirklich wichtig sein könnte. Das Wesen, das sich um mich kümmerte, als ich glaubte, dass es niemanden gab.

Einer nach dem anderen ziehen sich Tawn, Ast, Banx und Jor zurück. Oder ihre Version des Zurückziehens, die darin besteht, mich immer noch zu umringen, aber mit ihren dicken, muskulösen Armen vor der Brust verschränkt und nicht an ihren Seiten und zum Töten bereit. Sie wirken nicht weniger bedrohlich, obwohl Tawn aussieht, als würde er gegen ein Lächeln ankämpfen.

Ich ziehe eine fragende Augenbraue hoch.

„So eine unflätige Sprache unserer ehrenwerten Gefährtin." Er greift nach meinen Fingern und hebt meine Hand an seine Lippen.

Ich sende einen elektrischen Stromstoß aus, der ihn schockt, bevor er seinen Mund auf meine Fingerknöchel drücken kann. Er schüttelt seine Hand aus und kann sein Lächeln nicht länger verbergen.

„Ich mag diese blutrünstige Seite an dir, *Du'rah*", sagt Jor leise.

Hitze strömt in mein Gesicht.

Dann erheben sich die Ratsmitglieder und ziehen meine Aufmerksamkeit auf sich. Die in der Mitte hebt die Hände und es wird still, bis das einzige Geräusch das Plätschern des Wassers über der Steinmauer ist.

„Es ist Zeit." Sie schaut direkt auf mich herab, ihre Scheiben glänzen in Silber und Gold. „Ich muss sagen, *Verani*, dies ist die einzigartigste Situation, die sich uns jemals geboten hat."

Ich neige meinen Kopf. „Ich bin dem Rat dankbar für diese Anhörung."

„Sagen Sie, *Verani*, was macht Sie würdig, dass Ihnen die Freiheit gewährt werden sollte?"

Die Frage trifft mich unvorbereitet. Ich hatte vor, ihr nur zu erzählen, warum ich wirklich hier bin. Aber ich drücke die Schultern durch und schaue jedem der neun Ratsmitglieder in die Augen. Sie sind alle Pacnari und doch sollten sie mich und alle anderen Rassen in dieser Galaxie vertreten.

Im Interesse des Allgemeinwohls mischen sie sich nicht in die individuellen planetarischen Gesetze und Normen ein, aber es ist offensichtlich, dass sie auch nie versucht haben, die Kulturen und Spaltungen zu verstehen, unter denen viele von uns leiden.

„Alle *Verani* sind ihrer Freiheit würdig. Genauso wie alle *Gearan*." Ich schaue mit spitzem Blick auf Pippens angeschlagene Gestalt. Einige im Rat runzeln die Stirn, andere wirken überrascht. „Alle Wesen in der Jun'pn-Galaxie verdienen es, frei zu sein, selbst wenn sie in eine vermeintlich niedere Kaste oder weniger fortschrittliche Rasse hineingeboren werden", sage ich. „Aber das ist nicht der Grund, warum ich hier bin."

Gold und Silber schwirren über die Scheiben der Ratssprecherin. „Nein, Sie sind hier, weil Sie aus unklaren Gründen von den Zapex gesucht werden. Und weil Sie die einzige *Verani* in der bekannten Geschichte sind, die aus Jar'jn geflohen ist. Und als wäre das nicht schon außergewöhnlich genug, haben Sie sich nicht nur mit einem, sondern gleich mit vier Monrok-Kriegern verpaart."

„Bei allem Respekt, das ist die Weise, *wie* ich hierhergekommen bin, aber nicht der Grund." Ich schaue wieder zu Pippen hinüber und richte mich auf. „Die Welt von Jar'jn liegt im Sterben. Die Berge sind so stark ausgebrochen, dass das Land knapp wird."

„Das ist zwar eine Schande, aber warum erzählen Sie uns das?"

„Weil die Zapex nicht nur Pacbar und die Jun'pn-Galaxie stürzen wollen." Ich atme tief ein und schaue sie alle unverwandt an. „Sie planen, dabei mindestens die Hälfte der Bevölkerung der Galaxie zu vernichten und Pacbar für sich zu beanspruchen."

Schockiertes und wütendes Gemurmel ertönt aus dem Meer der Zuschauer. Meine Monrok rücken noch näher an mich heran, als die Zapex rufen: „Sie lügt!" „Hörensagen!" „Tötet sie!"

Die Sprecherin des Rates schwankt auf ihren Fersen zurück. Ihre Scheiben pulsieren jetzt silbern und golden. Sie hebt die Hände zum Schweigen, aber es dauert viel länger, bis sich die Menge beruhigt hat.

Als es still wird, bleibt ihr Blick an meinem hängen. Ich kann ihr Gesicht nicht lesen. Ich kann nicht sagen, ob sie mir glaubt oder nicht.

„Sie haben eine kühne Behauptung aufgestellt, *Verani*. Woher haben Sie diese Information?"

„Ich gehörte zum Hause Kechlyn." Ich zeige direkt auf ihn, wo er mit Pippen steht. „Er dient im Hohen Rat von König Thaain. Ich war dabei, als er und andere Mitglieder des Hohen Rates diese Pläne schmiedeten."

Die Sprecherin des Galaktischen Einheitsrates summt gedankenversunken. „Kechlyn, wussten Sie, dass die *Verani* uns diese Dinge erzählen würde?"

„Nein, ich entschuldige mich aufrichtig", sagt er, ohne aufrichtig oder entschuldigend zu klingen. „Lassen Sie mich sie zurück nach Jar'jn bringen. Sie wird noch heute für ihre Verfehlungen bestraft werden."

Knurren ertönt von Ast und Banx. Jor schnaubt, als würde er Kechlyn lächerlich finden. Tawn legt seine Hand in mein Haar, als müsse er mich einfach nur berühren und mir versichern, dass es nie dazu kommen wird.

„Was ist mit ihren Vergehen auf Jar'jn?", fragt die Sprecherin. „Welche waren das?"

Kechlyn hält inne. „Sie hat Jar'jn ohne Erlaubnis verlassen."

„Und warum sind Sie gegangen, *Verani*?"

„Kechlyn war bereit, mich zu besamen. Seine ehrenwerte Gefährtin war wütend darüber. Sie betäubte mich, schlug mich und befahl dann, mich zu töten. Ich wusste, ich musste nicht nur von Jar'jn entfliehen, sondern auch den Weg hierher nach Pacbar finden. Es gibt viele von uns, die nicht wollen, dass die Galaxie zerstört wird. Ich wusste, wenn ich gehe, kann ich Sie und die ganze Jun'pn-Galaxie vor dem Verrat warnen, den die Zapex planen."

„Mmm, ich wusste nicht, dass *Verani* fortpflanzungsfähig sind." Sie wirft einen Blick auf Kechlyn, dann wieder auf mich. „Waren Sie bereit, besamt zu werden?"

„Ja und nein", sage ich ehrlich und spüre nun die Blicke meiner Monrok auf mir. „*Verani* wie ich werden absichtlich nicht sterilisiert, also wusste ich immer, dass es passieren würde. Ich war neugierig, wie es sein würde. Ich war aufgeregt über die Möglichkeit, Leben zu schaffen, aber ich hatte auch Angst vor dem Dasein, das meinen Jungen bevorstehen könnte." Und das ist immer noch der Fall.

„Sind Sie jetzt trächtig?"

„Ja." Das Geständnis ist heraus, bevor ich darüber nachdenken kann, es zurückzuhalten.

Alles wird still. Hunderte von Blicken lasten mit fast erdrückender Schärfe auf mir.

Flüsterndes Gemurmel setzt ein, bevor die Sprecherin fragt: „Wenn Sie Kechlyns Kind in sich tragen …"

„Tue ich nicht", werfe ich ein. Die Andeutung ist klar.

Ich blicke hinter mich, wo die Augenbrauen meiner Monrok in unterschiedlichem Ausmaß des Verständnisses zusammengezogen sind.

Das Gemurmel der Menge verwandelt sich in ein Stimmengewirr.

„Verräterin!", schreit jemand hinter uns.

Aus den Augenwinkeln sehe ich das Flattern eines blauen Seidengewandes und einen Blitz metallischen Lichts.

Alles bewegt sich in Zeitlupe, aber es geschieht so plötzlich.

Ohne zu zögern, stürme ich mit ausgestreckten Händen nach vorn. Ich wehre den größten Teil der Druckwelle ab, aber die Hitze der Explosion versengt meine rechte Schulter. Dicke Strähnen meines Haares verknoten sich, um die Verbrennung zu stoppen.

Ein hysterischer Kechlyn steht immer noch da und hält den Blaster in der Hand. Sein Ausdruck ist pure, arrogante Verachtung.

Ein Schrei steigt in meiner Kehle auf, als er den Lauf zu Pippen dreht. Diese Explosion kann ich nicht aufhalten.

Pippens Gesicht zeigt Schock. Seine Hände greifen an seinen Unterleib. Dann fällt er einfach um.

Wie auf Autopilot lenke ich die Luftströme mit solch direkter Kraft um, dass sich der Blaster in Kechlyns Griff dreht. Die Luft zittert unter dem Geräusch der Explosion. Der Kopf meines alten Masters zuckt zurück, als er in seiner flatternden, leuchtend blauen Robe zu Boden fällt.

Hände packen mich und ziehen mich zurück. Es ist Ast, der mich hinter sich schiebt. Der Saal ist erfüllt vom Klang erschrockener Schreie und stampfender Füße, als das Publikum flieht.

Plötzlich bin ich umzingelt. Abgeschirmt. Meine

Monrok haben mich eingepfercht und stehen der panischen Menge zugewandt.

Mein Herz klopft schmerzhaft.

Was ist gerade passiert?

Was habe ich *getan*?

Genauso plötzlich, wie das Chaos ausgebrochen ist, wird alles wieder still.

Tawn bewegt sich und ich erhasche einen Blick auf die Sprecherin, die den Kopf gesenkt hat. Ihre Scheiben glühen und sie hat die Arme ausgestreckt. Ich drehe mich in die Richtung des Publikums und erschrecke. Alle sind in einer makaber gefrorenen Skulptur des Chaos erstarrt.

„Diese Anhörung ist nicht länger öffentlich." Ein weiteres Ratsmitglied stellt sich an das Ende des Podiums und wendet sich an den Saal. „Wir wollen Ruhe, während wir den Saal räumen."

Langsam setzen sich die Leute in Bewegung, als würden sie aus ihrer Starre auftauen. Viele schauen sich um. Ihre umherschweifenden Blicke zeigen noch immer Panik, aber sie stapfen durch die Türen hinaus.

Ich versuche, mich an Banx und Ast vorbeizudrängen. Schulter an Schulter bilden sie eine undurchdringliche Mauer. Keuchend vor Frustration hocke ich mich auf den Boden und krieche zwischen ihren Beinen hervor, um zu Pippen zu rennen, der regungslos daliegt. Erstarrt.

Meine Brust zieht sich zusammen, als ich auf die Knie falle.

„Pippen", ist alles, was ich herauswürgen kann, aber ich möchte am liebsten schreien und toben.

Ich beuge mich vor und lege meine Wange auf seine Brust. Genau wie damals, als ich als kleines Kind verängstigt und allein ins Haus Kechlyn geschickt wurde. Ich spüre keinen gleichmäßigen Herzschlag unter meiner Wange. Kein Heben und Senken seiner Brust.

Ich ruhe auf ihm wie schon so oft und spüre den kalten, harten Boden unter meiner Hüfte nicht. Ich spüre nicht, wie seine Haut von Minute zu Minute kälter wird.

Das sollte nicht sein Schicksal sein, sondern meines. Er hätte mit mir gehen können. Warum ist er nicht mit mir gegangen?

Warum ist er nicht mit mir gegangen?

Ein Schluchzen entspringt meiner Kehle, als mich starke Arme von Pippen wegziehen und mich an eine breite Brust drücken. Ich schaue auf und Jor blickt auf mich herab. Sorge verzieht sein sonst so ernstes Gesicht.

Ich schaue auf die Szene auf dem Boden vor mir. Kechlyn ... seine unergründlichen Augen haben keine Farbe mehr, sondern sind schwarz wie die aller Wesen, denen er sich überlegen fühlte. Ich fühle keine Schuld für seinen Tod, sondern für den all seiner Diener, die ihm zu Ehren nun getötet werden. Ich habe sogar Mitleid mit Keela, die für einen Gefährten sterben muss, der sie nur mit Worten geehrt hat.

Mein Atem stockt erneut, als ich Pippen ein letztes Mal anstarre. Mein Mentor. Mein einziger wahrer Begleiter in vielen Jahren.

Ich vergrabe mein Gesicht an Jors Hals, weil ich den Verlust nicht ertragen kann.

„Ich möchte jetzt hier weg. Bitte."

Ohne ein Wort zu sagen, schreitet er durch den Raum. Ich nehme an, dass er mich von hier wegtragen will, aber er erhält hält inne, bevor wir die Türen erreichen. Ein Knurren grollt durch seine Brust.

Ich drehe mein Gesicht, um zu sehen, was vor sich geht.

Banx, Ast und Tawn hindern zwei mir vertraute Zapex

daran, sich mir zu nähern. Aber ich kann die hasserfüllten Blicke trotzdem sehen, die nicht von mir ablassen.

Die Sprecherin und drei weitere Ratsmitglieder fangen sie ab und stellen sich törichterweise zwischen die Zapex und meine furchterregenden Gefährten.

Der Zapex, den ich als Mitglied des Hohen Rats des Königs wiedererkenne und der ungemein für die Vernichtung aller Nicht-Zapex-Bürger in der Jun'pn-Galaxie ist, richtet sich auf. „Diese *Verani* muss zur Hinrichtung nach Jar'jn zurückgebracht werden. Sie war Kechlyns Eigentum. Hätte sie Ehre, würde sie auf seinem Scheiterhaufen sterben."

Jors Griff um mich wird fester, aber ich entreiße mich aus seinen Armen und stehe auf meinen eigenen Füßen. Ich werde mich nicht kleinlaut aus der sicheren Umarmung meines Monrok stehlen lassen.

„Ich habe mehr Ehre, als Kechlyn sie je hatte."

„Du verräterische *Hukan Go'han*."

„Zapex." Die Stimme der Sprecherin knallt wie eine Peitsche und lenkt seine Aufmerksamkeit von mir ab. „Wenn Sie etwas zu sagen haben, müssen Sie Ihr eigenes Treffen arrangieren."

Er kneift die Augen zusammen. „Ich bin Mitglied des Hohen Rates von König Thaain. Ihr werdet mir zuhören, wann immer ich zu sprechen wünsche."

„Wirklich? Ich glaube nicht", sagt die Sprecherin mit ruhiger Zurückhaltung. „Alle, die dem Pakt der Galaktischen Einheit beigetreten sind, müssen sich an die Jun'pn-Gesetze halten. Nicht andersherum. Der König der Zapex hat auf Pacbar keinerlei Autorität, geschweige denn sein hochmütiges Ratsmitglied. Und ich habe gehört, dass König Thaain tot ist", fährt sie fort.

„Am heutigen Tag wurde ein Verbrechen begangen."

„Ja, es ist eine Tragödie. Wie Sie wissen, dulden die Pacnari keine Gewalt."

„Dann wird die *Verani* also bestraft werden?"

Die Sprecherin zieht die Mundwinkel nach unten. „Es war nicht die *Verani*, die einen Blaster zu einer friedlichen Anhörung mitgebracht hat." Bevor der Zapex noch mehr sagen kann, hebt sie eine Hand. „Sie werden zu Ihrem Schiff zurückbegleitet. Ich rate Ihnen, uns keinen Grund mehr zu geben, uns um die Stabilität des Zapex-Volkes zu sorgen."

Mit einem letzteren finsteren Blick drehen er und sein Begleiter sich um. Ihre Seidengewänder wirbeln durch die Luft, als sie durch die breite Doppeltür hinausschreiten.

Ich lasse mich gegen Jor sinken und dann sind meine anderen Monrok neben mir, als wüssten sie instinktiv, dass ich sie brauche. Jetzt, da die Zapex gegangen sind und ich meinen Teil gesagt habe, verlässt meine Kraft mich schnell.

Tawns Hand gleitet wieder in mein Haar und er schlingt seine Finger um eine lange Strähne. Ast steht an meiner anderen Seite. Banx streichelt meine Wange und sieht mich mit abschätzendem Blick an. Er streichelt mit dem Daumen über meine Wange, die immer noch von Tränen nass ist.

Ich brauche meine Monrok auf so elementare Weise. Sie müssen um mich sein, mich halten und mich wieder ganz machen. In meiner Brust klafft ein schmerzendes Loch und nur sie können dieses Loch füllen. Ich möchte verlangen, dass wir diesen Ort verlassen, aber ich bringe es nicht über mich, ein Wort zu sagen. Stattdessen schließe ich die Augen, lehne mich in seine Berührung und lasse mich einfach von ihrer Anwesenheit um mich herum einfangen und stärken.

Jemand räuspert sich hinter Banx und er dreht sich um,

tritt aber nicht zur Seite. Ich muss die zwei Stufen auf schwankenden Beinen erklimmen, um neben ihm zu stehen. Ich lege meinen Arm um seinen, um mich abzustützen, als ich mich der Sprecherin und einigen Ratsmitgliedern zuwende.

„Mein Beileid für Ihren Verlust, *Verani*", sagt die Sprecherin und blickt auf die Stelle, an der Pippen gefallen ist.

Ich kann nicht hinsehen. Ich muss und will seinen leblosen Körper nicht noch einmal sehen, der auf dem Boden ausgestreckt liegt. Es ist kein Bild, das ich jemals vergessen werde.

„Der Rat der Galaktischen Einheit ist zwar nicht befugt, die gesamte niedere Kaste der Zapex zu befreien", sagt sie, „aber wir gewähren dir deine Freiheit."

„Danke", ist meine einzige Antwort.

Der Triumph, auf den ich gehofft hatte, stellt sich nicht ein, aber ich weiß, dass er kommen wird. Wenn ich nicht länger innerlich und äußerlich verwundet bin, werden die Erleichterung und der Stolz über diesen kleinen Sieg auf mich warten. Sie werden mich aufmuntern und mir für all das, was als Nächstes kommen mag, Kraft geben.

„Danke, dass Sie uns die Information über einen möglichen Angriff gebracht haben. Es scheint, dass wir noch viel lernen und uns vor den Zapex in Acht nehmen müssen. Es ist beruhigend zu wissen, dass wir auf Jar'jn Verbündete haben. Leben Sie wohl, *Verani*."

„Leben Sie wohl", antworte ich, bevor sie sich umdreht und weggeht, während ein anderes Ratsmitglied ihren Platz einnimmt.

Blaue und silberne Blitze zucken über seine Scheiben, als er den Kopf im Gruße neigt. „Monrok. *Verani*. Ich muss Sie warnen, dass keine Schiffe den Luftraum von Pacbar anlaufen oder verlassen dürfen, bevor wir nicht direkt mit dem neuen Herrscher der Zapex, Prinz Keel, gesprochen haben."

„Machen Sie eine Ausnahme", sagt Banx mit seiner tiefen Stimme entschlossen.

Die Scheiben des pacnarischen Ratsmitglieds glühen, als er seufzt. Er wendet sich an die beiden verbleibenden Ratsmitglieder, die noch neben ihm stehen, und beide nicken einmal zustimmend.

Er neigt seinen Kopf erneut zu Banx. „Wir hatten gehofft, Sie würden bleiben, bis wir mit Prince Keel gesprochen haben und weitere Monrok-Wachschiffe in unserem Luftraum sind. Aber wir werden Ihrem Schiff die Erlaubnis erteilen, abzufliegen. Wir bitten Sie nur, keinen Angriff auf die Zapex zu starten."

„Gut", sagt Banx. „Aber ich kann nicht für alle meine Kameraden sprechen. Wir sind in der Unterzahl und werden tun, was wir tun müssen, um uns zu schützen."

„Wir schätzen unser Bündnis mit den Monrok, aber wir wollen einen Krieg vermeiden."

Tawn spottet. „Ich glaube, das ist der Grund, warum Sie sich mit uns verbündet haben. Damit wir uns um die Kriege kümmern."

„Ja, nun", sagt der Ratsherr. „Es ist unser innigster Wunsch, die Allianz und den Frieden zwischen *allen* in der Jun'pn-Galaxie zu erhalten. Leben Sie wohl, Monrok." Er verbeugt sich und sagt leiser: „Leben Sie wohl, *Verani*."

„Können wir jetzt gehen?", frage ich in einem düsteren Flüsterton.

Tawn streicht mir das Haar aus dem Gesicht. Ast drückt mir einen Kuss auf den Scheitel.

„Wir können gehen", sagt Banx und schaut mich mit gerunzelter Stirn an.

Ast verschränkt seine Finger in meinen. Banx' Hand

liegt auf meinem Kreuz. Jor geht vor mir her und führt uns aus der Halle hinaus.

„Du projizierst", sagt Ast. Seine Stimme klingt ungewöhnlich rau. Ich schaue zu ihm auf. Sein Gesicht ist angespannt.

Einen Moment lang bin ich verwirrt. Desorientiert und überrascht stelle ich fest, dass mein Schutzschild gesunken ist. Schnell ziehe ich meine innere Wand wieder hoch, aber sein besorgter Blick bleibt.

„War dir der *Gearan* so wichtig?", fragt er.

„Ja."

Ein Muskel in seinem Kiefer zuckt.

Ich drücke seine Hand, um ihn zu beruhigen. Ast denkt, meine Zuneigung zu Pippen sei die Gleiche, die ich für sie hege, was nicht der Fall ist.

„Er war mein Mentor und mein einzig wahrer Freund während meiner Zeit im Kechlyn-Haushalt", versuche ich zu erklären. „Er ist derjenige, der mir zur Flucht verholfen hat. Wegen mir wurde er verprügelt. Und wegen mir ist er jetzt tot." Beim letzten Satz bricht meine Stimme.

Ast nickt, aber er sieht nicht beschwichtigt aus.

Banx und Tawn runzeln ebenfalls die Stirn. Wunderbar.

Jor blickt über seine Schulter zu mir zurück. „Schuldgefühle wegen des Todes sind eine vergebliche Emotion, *Du'rah*. Du hast gut daran getan, diesen *Aheh*-Ficker Kechlyn zu töten. Und das während du trächtig bist." Er wendet seinen Blick nach vorn, aber nicht bevor ich sehe, wie seine Mundwinkel zucken. „Unsere Nachkommen werden mächtige Krieger."

Tawns, Asts und Banx' Gesichtszüge werden weicher. Ihre Augen strahlen mit Wärme, während sie zustimmende Worte murmeln. Der Stolz in ihren Stimmen lässt etwas in mir glühen. Ich greife mir an den Bauch, wo angeblich ein Zapex-Monrok-Leben heranwächst, und spüre eine Mischung aus Hoffnung und Beklemmung.

Doch ein kleiner Stich der Traurigkeit durchbohrt mein Herz. Pippen hat mir das ermöglicht. Er muss gewusst haben, was mich außerhalb von Jar'jn erwartet. Deshalb ist er nicht mit mir gekommen. Er gab sein Leben, damit ich ein echtes Leben führen konnte. Eines, in dem ich auf eine Weise geliebt und geschätzt werde, wie ich es mir nie hätte träumen lassen.

Er wird meine Worte des Dankes nie hören oder wissen, wie viel er mir bedeutet hat, aber ich schwöre, dass ich sein Geschenk nie vergessen werde.

„Du weinst schon wieder", knurrt Ast.

Ich wische meine Tränen weg und lächle ihn an. Meine Haare werden lebendig. „Diese Tränen entspringen nicht der Traurigkeit. Ich fühle mich dankbar für meine Existenz. Und für jeden von euch."

Jetzt müssen sie mich zurück auf unser Schiff bringen, damit ich ihnen allen zeigen kann, wie dankbar ich bin.

Kapitel Acht

SANA

„Halte still. Ich bin fast fertig." Ast säubert die Brandwunde an meiner Schulter. Obwohl ich den schlimmsten Teil der Explosion abgewehrt habe, wurde meine Schulter trotzdem versengt. Jedes Mal, wenn er über eine empfindliche Stelle fährt, sträuben sich meine Haare reflexartig gegen ihn.

Er verzieht den Mund, als er sie aus dem Weg schiebt. „Ich müsste das nicht tun, wenn du dich nicht vor einen Blaster geworfen hättest. Du hast vier unverwüstliche Monrok-Gefährten. Du versteckst dich hinter uns, wenn Gefahr droht."

Ich sitze auf der Schwebeliege im Kontrollraum und zucke zusammen, als er eine Salbe aufträgt. Meine Gefährten haben mich abwechselnd belehrt und mir ihren Unmut über meinen mangelhaften Überlebensinstinkt kundgetan. Ich werde mich nie hinter ihnen verstecken. Ich werde an ihrer Seite stehen und kämpfen, wann immer ich kann, aber ich bin klug genug, mich nicht mit ihnen zu streiten.

Tawn, Banx und Jor sitzen vor den Steuerpulten und navigieren uns aus dem Luftraum von Pacbar. Ich bin begierig darauf, unser neues Abenteuer zu beginnen.

Ich versuche auch, nicht an all das zu denken, was uns auf dem Weg nach Kadeema zustoßen könnte. Ast rollt einen Verband über meine Schulter und um meinen Arm ab. Ich kann nicht anders, als an Pippen zu denken und daran, wie oft ich ihn dabei beobachtet habe, wie er andere *Gearan* im Haus verarztete.

Ich kann immer noch nicht glauben, dass er nicht mehr da ist.

„Tue ich dir weh?" Ast hebt mein Kinn und mustert mein Gesicht. Ich weiß, dass schon wieder Tränen in meinen Augen glänzen und ich versuche, sie wegzublinzeln.

„Es geht mir gut." Ich muss meine Melancholie und meine Sorgen abschütteln. Wenn jetzt nicht der Zeitpunkt ist, das Leben zu feiern, dann wüsste ich nicht, wann. Ich fahre mit meinen Händen über seinen muskulösen Oberkörper und wünschte mir, er wäre nackt. „Ich glaube, du trägst zu viele Kleidungsstücke."

Seine Augenbrauen schießen in die Höhe und er reißt sich im Nu das T-Shirt über den Kopf. „So besser?"

„Fast." Ich lasse meinen Blick über seinen muskulösen Bauch bis zu der Stelle hinunterwandern, wo sich seine beeindruckende Erektion in der Enge seiner Hose erhebt. Ich fahre mit einem Finger über die Wölbung.

Er knurrt, packt meinen Hintern und zieht mich an den Rand der Schwebematte. Ich spreize meine Knie zu beiden Seiten seiner Taille. Er greift nach dem Stoff meines

Tunikarocks und reißt das Material bis über meinen Bauch-
nabel hoch, bevor er seine Hose öffnet.

Ohne Vorwarnung packt er meine Hüfte und füllt mich
mit seiner Länge aus. Mein Kopf fällt nach hinten und er
greift mir ins Haar, bevor er seinen Mund auf meinen presst
und mich atemlos küsst.

Ich klammere meine Schenkel um seine Taille und
genieße das Gefühl, wie er mich dehnt.

„Ist es das, was du willst?", fragt er an meinen Lippen.

Ich lächle. „Fast."

Ich stoße ihn zurück und wimmere, als sein Schwanz aus
mir herausspringt, aber ich bin gierig. Ich will nicht nur einen
meiner Gefährten. In diesem Moment brauche ich sie alle.

Ich springe von der Liege und gehe mit schwingender
Hüfte auf den Durchgang zu. Meine zerrissene Tunika
hängt wie eine Schleppe hinter mir. Ich schiebe sie hinter
meine Hüfte, als ich mich an der Tür umdrehe und meine
Monrok ansehe.

Asts Schwanz wackelt dort, wo er aus seiner Hose
heraushängt, aber er scheint genauso erstarrt zu sein wie der
Rest von ihnen. Ihre Blicke sind animalisch geworden.
Eigentlich sollte ich mich fürchten, aber stattdessen erfreue
ich mich am Anblick ihrer unverhüllten Begierde für mich.
Meine Oberschenkel sind feucht und ich weiß, dass die
Schamlippen meines Geschlechts glänzen müssen.

„Ich habe das Verlangen, von allen meinen Gefährten
in Besitz genommen zu werden." Ich greife an die Vorderseite meiner Tunika und reiße sie den Rest meines Oberkör-
pers hinauf, bis sie ganz offen ist. Ich lasse sie an meinen
Armen hinuntergleiten und auf den Boden fallen, wo sie
sich um meine Füße sammelt. Meine Brustwarzen werden
hart und stehen in der kühlen Luft zu Berge.

Meine Monrok sind im Nu auf den Beinen, aber Banx erreicht mich zuerst. Er wirft mich über seine Schulter. Er gibt mir einen kräftigen Klaps auf den Hintern, während er mich mit langen Schritten den Gang hinunter in eine andere Kammer trägt, als die in der wir das letzte Mal waren, als ich auf dem Schiff war.

Er setzt mich in der Mitte einer breiten Plattform ab und ich genieße es, genauso groß zu sein wie sie, während sie sich eilig die Kleider vom Leib reißen. Bevor ich auch nur blinzeln kann, stehen meine vier Prachtexemplare vor mir. Ihre stolzen Schwänze ragen aus ihren durchtrainierten Körpern.

Mir läuft das Wasser im Mund zusammen.

Sie bewegen sich gleichzeitig vorwärts und ich hebe eine Hand, um sie aufzuhalten.

„Halt. Ich will euch anschauen."

Ich steige von der Plattform herunter und reibe mich erst an Tawn, dann an Ast, Jor und schließlich an Banx, den größten von allen.

Sie kommen näher und ich habe das Gefühl, aus großer Höhe zu fallen, obwohl ich mich keinen Zentimeter bewegt habe.

„Bist du sicher, dass du uns alle gleichzeitig willst?" Banx packt seinen Schwanz und streichelt ihn gemächlich. Ich erinnere mich daran, wie er mich ausgefüllt hat, und stelle mir den herrlichen Schmerz vor, den er verursachen wird, wenn er nicht der Einzige ist.

Ich nicke. „Ich habe noch nie etwas mehr gewollt."

Ich stoße Banx zurück und mache mir keine Illusionen darüber, dass es meine Kraft sein könnte, die ihn dazu bringt, sich mit gespreizten Schenkeln hinzusetzen. Bevor ich wie geplant auf die Knie sinken kann, hebt er mich an der Taille hoch, während er sich gleichzeitig zurückfallen lässt. Er setzt mich auf sein Gesicht.

Mit seiner Zunge dringt er in meine feuchte Mitte ein und ein leises Stöhnen entweicht meiner Kehle.

Raue Hände greifen in mein Haar und neigen meinen Kopf, sodass ich zu Jor aufschaue.

„Hast du etwa gedacht, dass du die Führung übernimmst, jetzt, da du uns nicht mehr Master nennst?"

„Ich werde euch immer Master nennen." Es bedeutet jetzt nur, dass es meine Entscheidung ist.

Seine Augen funkeln mit Feuer und sein Griff wird fester um mich. „Verführerin, öffne deinen süßen Mund und lutsche den Schwanz deines Masters."

Begierig öffne ich meinen Mund und sauge ihn bis in den hinteren Teil meiner Kehle, als er nach vorn stößt. Unter mir küsst Banx meine Muschi und streicht mit der Zunge über mein nervenreiches Band. Er knetet meinen Arsch und spreizt meine Pobacken auf. Er verschlingt mich, während er mit den Fingern meine Rosette erforscht. Ich stocke für einen Moment, als er mit einem dicken Finger in mich eindringt.

Ein warmer Schenkel wird gegen meine rechte Schulter gedrückt und ich lasse Jors Schwanz los und drehe mich um, um meine geschwollenen Lippen über Ast zu stülpen, dann über Tawn.

„Dein Mund ist unglaublich."

„Oh *fuck*, du wirst mich dazu bringen, in deine Kehle zu spritzen."

Ihr Lob lässt etwas in mir zerbersten. Ein warmes Glühen strömt aus und erfasst jede Faser meines Wesens.

Sie wechseln die Positionen und lassen sich je zu zweit mit meinen Fäusten einen runterholen, während ich einem von ihnen einen blase. Die ganze Zeit über bewege ich meine Hüfte und reite auf Banx' talentierter Zunge. Meine Muschi beginnt zu vibrieren und ich reibe mich an seinem Mund, weil ich gefüllt werden will.

Plötzlich hebt Banx mich hoch, sodass ich Ast und Jor loslassen muss, und zieht mich über die Mitte seines Körpers hinunter, bis sein heißer Umfang gegen mein Inneres drückt.

„Ich muss spüren, wie sich deine Fotze um mich herum zusammenzieht." Langsam spießt er mich auf, fährt mit seinen Zähnen und seiner Zunge an meinem Hals hinauf und nimmt meinen Mund in Besitz. Seine Lippen schmecken immer noch nach meinem Geschlecht. Seine gewaltige Länge ist erst zur Hälfte drin, als ich den Kuss unterbreche, um zu keuchen und zu versuchen, mich zu entspannen, um den Rest von ihm aufzunehmen.

„So ist es gut", ermutigt er mich. „Entspanne deine süße Möse und nimm mich." Sein Griff um meine Hüfte wird fester, als er mich zwingt, ein paar weitere Zentimeter in mir aufzunehmen. „Fast drin."

Der dehnende Schmerz verwandelt sich schnell in ein pochendes Bedürfnis, mich zu bewegen, aber als ich es versuche, hält er mich zurück.

„Noch nicht. Du bist noch nicht genug gefüllt."

Jor tritt hinter mich. Banx schlingt seine Arme um meinen Oberkörper und hält mich an seiner Brust fest, als wollte ich mich aufsetzen oder gegen ihn ankämpfen.

Der erste Schlag von Jors Hand auf meinen Hintern überrascht mich. Jeder Muskel in meinem Körper spannt sich an.

Banx flucht. „Was machst du da?", knurrt er.

„Ich wärme unsere kleine Gefährtin auf, so wie sie es mag." Jor knetet meinen Hintern, bevor er seine Handfläche erneut nach unten reißt. Hitze steigt in mir auf. Die

Ahnen mögen mir helfen, ich begehre dies. Mein Körper wird von Gefühlen durchflutet, als er mich an den Abgrund führt, wo Schmerz und Lust ineinander übergehen.

„Ich gebe ihr auch einen Vorgeschmack darauf, was passiert, wenn sie sich noch einmal in Gefahr begibt." Seine Hand klatscht mit viel mehr Kraft auf meinen Arsch und raubt mir den Atem. „Betrachte dieses Versohlen als Warnung, Sana."

Nach fünf weiteren harten Schlägen seiner Handfläche umklammere ich Banx unter mir. Alle meine Muskeln sind angespannt. Trotzdem strecke ich meinen Hintern in die Höhe und bin begierig auf mehr.

Banx knurrt an meinem Hals, als ich mich leicht auf ihm bewege. „So wie ihre Fotze um mich zuckt, würde ich sagen, dass Versohlen keine sinnvolle Bestrafung ist." Er stöhnt, als ich meine inneren Muskeln erneut anspanne. Er packt meine Hüfte und hebt mich auf seinem Schwanz auf und ab.

„Es gefällt mir, wenn ihr Arsch von meiner Hand gerötet ist", sagt Jor. Er massiert meine Pobacken, bevor er meine Rosette umkreist und seinen Finger hineindrückt, um mich zu dehnen. Er verteilt mein natürliches Gleitmittel um mein Loch, bevor er mich erneut versohlt. Und dann ist er da. Er versucht, mit seinem schweren Glied in mich einzudringen.

Wir stoßen alle drei ein gequältes Stöhnen aus, als Jor seine Eichel durch meine ersten beiden Bänder drückt. Langsam sinkt er hinein und ich werde so weit gedehnt, dass ich glaube, ich könnte entzweigerissen werden.

Jor packt meinen Nacken mit einer Hand und drückt mich auf Banx' Brust, während er mit der anderen meine Hüfte festhält. Er zieht sich langsam heraus und gleitet wieder hinein.

Ich versuche nicht einmal, meinen Schrei zu unterdrücken. Ich stehe unter Strom, meine Sinne prickeln und jagen elektrische Stöße durch meinen Körper.

Jor setzt sein gemächliches Tempo fort, bis ich mit der Hüfte kreise, weil ich mich bewegen muss. „Bitte, Master."

„Du fühlst dich so verdammt gut an", stöhnt Jor. „Massiert deine kleine Muschi Banx genauso, wie dein Arsch mich massiert?"

Ich bin nur zu einem jämmerlich gewimmerten „Mehr" fähig, als ich mit dem Kopf nicke.

Banx knirscht mit den Zähnen, hebt seine Hüfte und füllt mich vollständig aus, während Jor sich zurückzieht. Die beiden wippen in einem methodischen Rhythmus hin und her. „Ist es das, was du willst, Sana", knurrt Banx. „Ist es das, was du brauchst?"

„Ja." Ich stütze mich auf Banx' Brust ab und werfe den Kopf zurück, während ich mich in den Gefühlen verliere. „Heilige Ahnen, ja."

Mit verschleiertem Blick beobachte ich Tawn und Ast, die auf beiden Seiten der Plattform stehen und langsam ihre Schwänze streicheln, während sie zusehen, wie ich gefickt werde.

Jor greift in mein Haar und zieht mich zurück an seine Brust. „Bist du bereit für uns alle, *Du'rah*?"

Mein Inneres krampft sich auf beiden Längen zusammen, die mich ausfüllen, und mir läuft das Wasser im Mund zusammen, auch wenn mein Herz stockt. *Mehr.* Das ist alles, was ich denken kann, als ich nicke und meine beiden anderen Gefährten mit einem Finger zu mir locke. Ich will sie nicht nur. Ich *brauche* sie. Sie bewegen sich auf beiden Seiten von mir und ich nehme ihre Schwänze in die Hand, einen auf jeder Seite. Unelegant gleite ich mit meiner Zunge über Ast, bevor ich den Kopf drehe und über

Tawns Eichel lecke. Es fällt mir schwer, mich zu konzentrieren, während Banx und Jor meinen Körper bearbeiten, aber ich versuche, dafür zu sorgen, dass alle meine Gefährten befriedigt werden. Ich schenke der zarten Haut um ihrer Eichel und den kleinen Schlitzen, aus denen die Essenz heraustropft, besondere Aufmerksamkeit.

Jor berührt meine Brüste, zupft an meinen harten Knospen und beißt mir in den Hals, was meinen Körper zum Beben bringt. Er fängt an, meine Hüfte nach unten zu drücken und zwingt mich, gleichzeitig zu ficken und von ihm und Banx ausgefüllt zu werden.

Mir wird schwindelig und ich verschlucke mich mit einem wimmernden Schrei an Asts hartem Schwanz.

Die engen Bänder meiner beiden Öffnungen vibrieren und massieren die Schwänze in mir, während ich Asts und Tawns Erektionen ernsthaft rubble.

„Bist du nah dran?", fragt Jor. „Willst du kommen?"

„Bitte!"

Jor drückt mich auf Banx hinunter und ich explodiere umringt von meinen Monrok. Von meinen Gefährten.

Mit einem Fluch zieht Jor sich zurück, bis nur noch seine Eichel in meinem Arsch steckt. Die Spitze seines Schwanzes zuckt und heiße Spritzer seiner Essenz füllen mich. In der Sekunde, in der er ihn herauszieht, hebt Banx mich von seiner Länge hoch und dreht mich um, sodass ich ihm den Rücken zuwende.

Er setzt sich auf und lässt mich auf seinen Schoß gleiten, während er seine Lippen auf die Seite meines Halses drückt. „Wir werden jetzt etwas anderes ausprobieren, während Tawn und Ast dich ficken. Denkst du, du kannst mich hinten aufnehmen?"

„Ja", sage ich, obwohl ich mir nicht ganz sicher bin.

Mein Körper zittert, als er mit seiner breiten Schwanzspitze in meinen hinteren Eingang eindringt. Er stöhnt an meinem Hals und drückt mich immer weiter nach unten, bis mein Arsch an seinem Unterleib anliegt. Er spreizt meine Beine über seine weit geöffneten Schenkel und schlingt dann einen Arm um meinen Oberkörper, um mich gegen ihn zu ziehen.

Er fährt mit einer Hand zwischen meine Beine und fingert sanft an meinen Schamlippen herum.

„Fuck", sagt Tawn, der vor mich steht und seinen Blick auf die Stelle richtet, an der Banx mich streichelt. „Ich will dich genauso schmecken. Deine Muschi ist so nass und geschwollen und dein Arsch von Banx' dickem Schwanz gedehnt." Er geht in die Knie und leckt in mich hinein.

Ich kralle meine Hand in sein Haar und halte ihn an mir fest. Ich zittere, als er sich zurückzieht. Sein sinnlicher Mund glitzert. Er gibt meiner Muschi einen kleinen Klaps und mein Körper erschaudert in einem Miniorgasmus.

„Bitte, Tawn", flehe ich.

„Will deine gierige kleine Muschi gefüllt werden?" Er versohlt mein Geschlecht noch dreimal und ich kneife die Augen zu.

„Ja", nicke ich. „Bei den Göttern, ja, bitte!"

Banx' Glucksen dröhnt an mein Ohr. „Oh, und wie du gefüllt werden wirst." Er steht mit seinem Arm um meine Taille geschlungen und seinem Schwanz tief in mir veran- kert auf.

Er gleitet noch tiefer hinein und ich kann nicht mehr atmen. „Schlinge deine Arme um meinen Hals", befiehlt er. Ich greife nach oben und hinter mich, während er seine Hände unter meine Knie schiebt und mich so offenhält.

Tawn ist sofort zwischen meinen Beinen und drängt in mich hinein. *„Ka du,* ich dachte vorher schon, sie wäre eng."

Leichter Schweiß bricht auf meiner Haut aus, als ich

erneut bis zum Anschlag gefüllt werde. Mit einer Hand an meiner Hüfte und der anderen an meinem Hals, küsst Tawn mich sanft, während er seine Hüfte vorwärts stößt. „Geht es dir gut, *Du'rah?*"

Ich nicke. „Ich bin bereit. Ich brauche mehr."

Das schmerzende Dehnen hat sich zu einem unaufhörlichen Pochen verwandelt. „Bitte."

Banx hält mich an Ort und Stelle fest. Mein Arsch vibriert auf seiner Länge, während Tawn mich fickt. Innerhalb weniger Augenblicke spannen sich die Muskeln in Tawns Hals an und er wirft seinen Kopf zurück, als hätte er Schmerzen. Sein Schwanz zuckt und ich weiß, dass er gegen sein Bedürfnis zu kommen ankämpft.

„Ich will mich so unbedingt in dir verknoten", knurrt er heraus.

„Wage es ja nicht", knurrt Ast von der anderen Seite des Raumes mit einem grimmigen Gesichtsausdruck und seinem Schwanz, der in seiner Hand zuckt.

Tawn stößt einen Schrei aus, als er sich fast komplett aus mir entzieht. Ich klammere meine inneren Wände um seine Eichel und er massiert seinen Schaft. Seine Lippen gleiten über meinen Mund, als meine Muschi von Hitze überflutet wird.

Keuchend entzieht er sich und stolpert zurück, bevor er sich aufrichtet und in einen breiten Schwebesessel in der Ecke plumpst.

Banx schwingt mich herum und stellt mich auf die Kante der Plattform. Er entzieht sich langsam der Umklammerung meines Arsches.

Ich schreie auf, als der letzte Rest von ihm herausrutscht.

„Mach dir keine Sorgen, meine geliebte Gefährtin",

beruhigt Banx mich. „Wir werden dir geben, was du brauchst."

Ast liegt ausgestreckt in der Mitte der Plattform und Banx hilft mir, mich über ihm niederzulassen.

„Stecke meinen Schwanz in dich hinein, *Du'rah*", befiehlt Ast.

Ich positioniere Asts Erektion und stöhne leise, als ich auf ihn hinuntergleite.

„Also gut, meine kleine wilde *Zepka*. Weißt du noch, wessen Namen du schreien sollst, wenn ich in dir stecke?"

Bevor ich antworten kann, drückt mich Banx mit einer Hand zwischen den Schulterblätter nach unten und presst die Spitze seines Schwanzes an meinen hinteren Eingang. „Dein Name wird nicht der Einzige sein, den sie schreit", sagt er. Dann stößt er gleichmäßig in mich hinein und füllt mich bis zum Anschlag aus.

Ich verdrehe die Augen und beiße mir auf die Lippen. Von meinen Gefährten gefickt zu werden, ist ein Gefühl, an das ich mich nur zu gern gewöhnen könnte.

Ast stößt mit seiner Hüfte. „Du wirst meinen Namen am lautesten schreien, nicht wahr? Du liebst meinen Schwanz in dir."

Ich grinse. „Ich liebe alle eure Schwänze in mir." Er gibt mir einen Klaps auf den Hintern und zuckt erneut mit der Hüfte, als Banx sich vollständig in mir versenkt.

Während Banx und Jor abwechselnd zustießen, füllen mich Ast und Banx gleichzeitig aus. Sie bearbeiten mich mit jedem Stoß schneller und härter mit ihren Schwänzen. Es ist fast zu viel.

In wenigen Augenblicken keuche und flehe ich, ich weiß noch nicht einmal, wonach. Mein ganzer Körper zittert, als ihre Knoten anschwellen und sie sich beide nicht entziehen. Stattdessen stoßen sie tiefer hinein. Sie dringen tief zwischen meine inneren Bänder, während ihre Knoten immer weiter anschwellen.

Banx packt mich an den Haaren und reißt meinen Kopf zurück, um seinen Mund auf den meinen zu pressen. Mit einem Fluch lässt er mich los und umklammert meine Hüfte, während er in mir pulsiert.

Ich falle nach vorn und Ast umschließt meinen Hinterkopf, um meinen Mund zu erobern. Sein Schwanz zuckt und er stöhnt an meinen Lippen, als seine Erlösung mich mit noch mehr heißer Essenz überflutet.

Ast streicht mir das Haar aus dem Gesicht. „Ich vergebe dir", sagt er und ich runzle die Stirn.

„Wofür?"

„Dass du meinen Namen nicht geschrien hast."

Ich lache und quietsche, als er und Banx uns auf die Seite drehen, während sie immer noch in mir verknotet sind. Er schmiegt sich an meinen Rücken und küsst und knabbert an meiner Schulter. Mein Körper zuckt in kleinen Nachbeben und beide Männer keuchen vor Lust, als mein Körper ihre Schwänze reflexartig fester umklammert. Das Gefühl, wie sie noch einmal kommen, ist so köstlich verrucht.

„Ich liebe eure Schwänze", sage ich zu ihnen.

„Sind unsere Schwänze das Einzige, wofür du Zuneigung empfindest?"

Ich ziehe den Kopf ein und bin plötzlich schüchtern. Zapex sprechen nicht in Begriffen wie Liebe und Zuneigung. Ich hätte nie gedacht, dass Monrok sich so etwas wünschen würden, aber so wie sie mich ansehen, glaube ich, dass es so ist.

Und ich empfinde tatsächlich Zuneigung für sie. Eine, von der ich nie wusste, dass sie existiert. Sie füllt alle dunklen Ecken in mir mit warmem hellem Licht und nimmt mir alle Ängste und Unsicherheiten. Ich bin stärker und hoffnungsvoller für mein zukünftiges Leben, als ich es jemals gewesen bin.

Anstatt ihnen von all den Gefühlen zu erzählen, die in mir brodeln, lasse ich meinen Schutzschild fallen. Banx' und Asts Griff um mich wird fester.

Tawn murmelt einen Fluch. „Ist es das, wofür ich es halte?"

Jor gluckst. „Das ist es. Unsere Gefährtin hat eine eloquente Art, sich ohne Worte mitzuteilen."

„Das stimmt allerdings", sagt Banx und küsst meine Wange.

Erfüllt drifte ich in den Schlaf, während Ast und Banx über meinen Körper streicheln und sich vorbeugen, um mir Küsse zu geben, wo immer ihre Münder Haut erreichen können. Die Strähnen meines Haars streicheln sie träge zurück.

Ich höre Jor murmeln, dass wir eine größere Plattform brauchen, als er und Tawn sich zu uns gesellen, und ich lächle zustimmend. Ich nehme meine Monrok-Master und Gefährten wie auch immer ich sie kriegen kann, aber am liebsten bin ich von ihnen allen umgeben.

Epilog

SANA

„Wir haben eine Überraschung für dich." Banx grinst mich an. In seinen Augen funkelt mehr Schalk, als ich es jemals gesehen habe.

„Ich glaube, ich brauche heute keine Überraschungen." Wir sind gerade mit unserem Transportshuttle auf Kadeema gelandet. Und obwohl ich mich darauf freue, die Welt der Monrok zum ersten Mal zu sehen, bin ich auch nervös. Dies wird meine neue Heimat sein. Der Ort, an dem wir unsere Nachkommen aufziehen werden.

„Die Überraschung wird dir gefallen", sagt Tawn, als die Luke sich öffnet. „Versprochen."

Ast führt mich die Rampe hinunter, als wäre ich ein zerbrechliches Geschöpf. Er ist besonders aufmerksam, seit er angefangen hat, Daten über geschwängerte Weibchen zu studieren. Ich habe versucht, ihm zu erklären, dass eine Zapex-Schwangerschaft fast zwei Solare andauert und dass es noch Mondzyklen andauern wird, bis man überhaupt etwas sieht, aber er will nicht hören.

Mit wild klopfendem Herzen werfe ich meinen ersten Blick auf Kadeema. Die Luft ist schwer, aber süß. Die dunklen Berge im Hintergrund erheben sich vor einem strahlend blauen Himmel. Das Land ist von den üppigsten, lebhaftesten Grüntönen gefärbt. Es ist einfach wunderschön.

Es sieht genauso aus, wie ich es in all meinen Visionen der Zukunft meiner Gefährten gesehen habe.

Ich mache meinen ersten Schritt auf den Boden von Kadeema und lache. „Es fühlt sich sogar anders an als die schwammige Erde von Jar'jn." Fest und ein wenig kühl. In der Ferne ist eine Wand aus Wald zu sehen. „Diese Bäume versuchen, den Bergen Konkurrenz zu machen." Ich habe noch nie so hohe Bäume gesehen.

„Das ist der Regenwald", sagt Jor. „Wir können mit dir dort hingehen."

Vor Aufregung schwebe ich vom Boden hoch.

„Aber zuerst", sagt Banx, „haben wir jemanden, der dich unbedingt kennenlernen möchte."

Vor uns landet ein Zwei-Personen-Shuttle und die Kuppel gleitet zurück. Ich blinzle und kann nicht glauben, was ich sehe.

Ein großer Monrok hebt seine Begleiterin aus dem Shuttlesitz neben ihm und setzt sie auf dem Boden ab. Meine Beine schwanken, als ich beginne, durch das hohe Gras zu stapfen, um sie zu treffen. Meine grinsenden Monrok folgen mir auf die Fersen.

Auf halbem Weg zu ihr beginne ich zu rennen und sie breitet die Arme weit aus, um mich zu umarmen. Wir stoßen zusammen, umschlingen einander, schweben hoch und drehen uns. Als wir wieder auf dem Boden landen, streichle ich über ihr weißes Haar, während sie ihre Wange zur herzlichen Begrüßung an meiner reibt.

Sie legt ihre Hände um mein Gesicht und Tränen glitzern in ihren schwarzen Augen. Augen, genau wie meine. „Ich hätte nie gedacht, dass ich eine meiner *Verani*-Schwestern wiedersehen würde."

In Wahrheit hatte ich es auch nicht. „Seit ich den Tempel verlassen habe, hatte ich schon keine *Verani*-Schwester mehr", gestehe ich. „Ich habe ein ziemlich einsames Leben geführt."

Ihr Lächeln lässt ihr ganzes Gesicht strahlen und leuchtet aus ihren Augen. „Ich hoffe, du hast deine Einsamkeit genossen." Sie wirft einen Blick über meine Schulter auf meine Gefährten. „Es sieht so aus, als ob dein Leben nie wieder einsam sein wird."

Ich lache. „Damit habe ich kein Problem." Ich berühre erneut ihr weißes Haar, das sich um meine Finger schlingt. „Ist die Atmosphäre hier anders? Wird mein Haar weiß werden?" Ich versuche, das Entsetzen aus meiner Stimme zu verbergen, aber es gelingt mir nicht.

Sie lacht und schlingt ihren Arm um mich. „Keine Angst, die Atmosphäre hat meine Locken nicht verändert."

„Was dann?"

„Das ist eine Geschichte für ein anderes Mal. Stell mir deine Monrok vor und ich stelle dir meinen vor."

„Ich bin Sana und das sind Jor, Ast, Tawn und Banx." Sie nicken alle zur Begrüßung, aber Banx sieht besonders erfreut aus. Ich weiß, dass er dies selbst geplant hat.

Sie reißt die Augen weit auf und ihr Grinsen wird breiter. „Alle vier gehören dir?" Als ich nicke, lacht sie. „Meine Wertschätzung für dich ist gestiegen. Ich habe nur den einen. Obwohl ich nicht wusste, dass es möglich ist, mehrere zu besitzen."

Ihr kampferprobter Gefährte verschränkt die Arme vor der Brust und knurrt: „Für dich ist das keine Option. Du verdammte *Verani*, du wirst noch mein Tod sein."

„Ach, ich bitte dich", spottet sie. „Ich bin dein Leben, und du weißt es genau."

Der Blick des Kriegers wird für einen Moment weicher, bevor er seine verächtliche Maske wieder aufsetzt. „Ich bin Dag. Das blaue Sorgenkind ist Vera. Willkommen auf Kadeema."

Vera und ich reiben erneut unsere Wangen aneinander und lächeln dann zu unseren Gefährten auf.

„Schöne Überraschung?", fragt Banx.

„Eine wundervolle Überraschung."

Heute habe ich einen neuen Heimatplaneten und eine *Verani*-Schwester bekommen. Ich habe vier Gefährten, die mich wertschätzen, und in zwei Solaren werden wir ein Kind bekommen.

Vor etwas mehr als einem Mondzyklus wurde ich geschlagen und verstoßen und habe den Wert meines Lebens infrage gestellt. Meine Existenz. Jetzt glaube ich, dass ich vielleicht die glücklichste *Verani* in der gesamten Galaxie bin.

ENDE

HOLEN SIE SICH IHR KOSTENLOSES BUCH!

Tragen Sie sich in meine E-Mail Liste ein, um als erstes von Neuerscheinungen, kostenlosen Büchern, Sonderpreisen und anderen Zugaben zu erfahren.

https://geni.us/jungfrauunddervampir

Anmerkung Der Autorin

Vielen Dank fürs Lesen. Ich wollte schon seit einer Weile
eine heiße und schmutzige Geschichte über menschliche
Gespielinnen schreiben. Ich hoffe, sie hat alle Erwartungen
erfüllt.

Bücher von Aubrey Cara

Dirty Daddys-Reihe

Bettle für Daddy (Buch 1)

Weine für Daddy (Buch 2)

Daddys Büro-Versuchung (Buch 3)

In Daddys Schuld (Buch 4)

Monrok-Krieger-Reihe

Ihren Menschen stehlen (Buch 1)

Ihren Menschen behalten (Buch 2)

Ihre menschlichen Gespielinnen (Buch 3)

Ihre widerwilligen Gespielinnen (Buch 3.5)

Die Nacht der Monrok (Buch 4)

Über die Autorin

USA Today-Bestsellerautorin Aubrey Cara mag es süß und dreckig. In Bezug auf Liebesromane, versteht sich. Sie liebt es, über die versaute, sexy Art der Liebe zu schreiben, die so selten und schön ist wie ein Vierfarben-Mistelfresser.

Sie lebt mit ihrem gartenverrückten Ehemann, einem allwissenden Teenager und einem Hund, der einfach nur die Nachbarn anbellen möchte, in den USA.

Mehr von Aubrey Cara findest du unter aubrey-cara.com